流れ星キャンプ

嘉成晴香・作
宮尾和孝・絵

もくじ

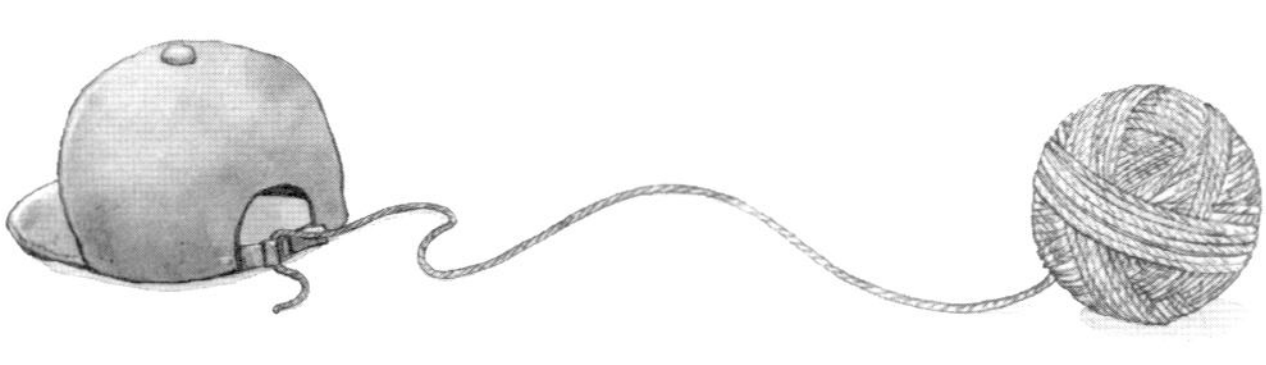

1　黄色いテント

圭太《けいた》

「こんなところで何やってるんだ」

圭太《けいた》はもう少しでさけぶところだった。どなり声に見上げると、黒いめがねをかけ、こわい顔をしたおじいさんが仁王立《におうだ》ちしていたのだから。

「キャンプしてるんだ」

おそるおそるこたえる。おじいさんはつばを飛《と》ばしながらつづけた。

「知ってるぞ。おまえはちょっと歩いたところにあるマンションに住んでいるぼうずだろ」

ここは、星山町《ほしやまちょう》の真ん中を流れる、星ノ川《ほしのがわ》の川原。テントをはり、天体望遠鏡のピントを合わせているところだった。

「うん、そうだよ。ここがすっごく気に入ってるんだ」

これで今までこっそりキャンプをしていたのがお母さんにばれてしまう。きっと学校の先生にもいわれてしまうんだ。まずいことになった、と思った。けれど、予想ははずれた。まるでスローモーションを見るように、だんだんとおじいさんの顔はやわらかくなっていったのだ。

「そうか、そうか」

もっとどなられると思っていたので、圭太《けいた》はポカンと口を開けた。そんな圭《けい》太《た》の頭を、おじいさんはぼうしがぬげてしまうくらい、なでまわした。

「おじいさんも、テントに入る?」

むし暑い初夏《しょか》の夕暮《ゆうぐ》れ、これが平井《ひらい》さんとの出会いだった。

家がキャンプをしている川原のすぐそばらしく、平井《ひらい》さんはあれから毎日やってきた。大好《だいす》きなビスケットやりんご、バナナをたくさん持ってきてくれたので、圭太《けいた》は大歓迎《だいかんげい》だった。

ふたりは、きょう一日あったことを話したり、ぼんやり川をながめたりする。

そして夜になると、月を観察《かんさつ》した。誕生日《たんじょうび》に買ってもらったばかりの天体望遠鏡は、圭太《けいた》のたからものだ。仕事で外国への船に乗っていて、めったに家に帰ってこないお父さんからのおみやげでもある。

キャンプのことは、平井《ひらい》さんに知られるまでだれにも秘密《ひみつ》だった。圭太《けいた》のお母さんは看護師《かんごし》だから、夜はいないことがしょっちゅうなので、家を勝手にぬけ出してもばれない。

キャンプをするようになったのは、今年に入ってあたたかくなったころだ。家にいてもひとりきりでずっと留守番《るすばん》。そのくせお母さんは「ゲームはするな、勉強しろ」と、無茶《むちゃ》ばかりいう。だから何かおもしろいことがしたくて始めたのだ。テントにいると、今まで一度も作ったことはないけれど、自分だけの秘《ひ》密基地《みつきち》ができたような気分になる。

最初《さいしょ》は悪いことをしている気がしてドキドキしたが、すぐになれた。もちろん、平井《ひらい》さんがやってきたときにはどうなるかと思ったけれど。

平井《ひらい》さんは、キャンプのことをだれにも話さなかった。まだこのことではお母さんにも先生にもおこられていないのが何よりの証拠《しょうこ》だ。だから、ときどき晩《ばん》ごはんをタッパーにつめて、平井《ひらい》さんにもおすそわけしている。平井《ひらい》さんのごはんはいつも、自分で育てたという野菜《やさい》のいためものと、ふりかけもかかっていない白いごはんだけなんだから。

すっかり暑くなったころには、平井《ひらい》さんは何でも話せる友だちになっていた。思ったことを何でもいえるので、いっしょにいてとても楽だ。まだ出会ってそんなにたっていないのに、ずっと前から知っているような不思議《ふしぎ》な感覚《かんかく》だった。

「圭太《けいた》」

平井《ひらい》さんは、クラスの友だちと同じようにこうよぶ。

「平井《ひらい》さん」

だから圭太《けいた》も、おじいさんなんてよばないことにした。こんなに年の差《さ》がある友だちは初《はじ》めてだった。

学校は、夏休みに入った。

★明里《あかり》

去年の夏、明里《あかり》は生まれて初《はじ》めて流れ星を見た。病院の中はいつも冷房《れいぼう》がきいているので快適《かいてき》だ。けれど、腕《うで》に点滴《てんてき》をしていたので寝苦《ねぐる》しくて起きたのだ。スイッチをおしてベッドを起こし、腕《うで》をのばして窓《まど》を開けた。じまんのストレートヘアが風に舞《ま》い上がる。いつまでこんな生活がつづくんだろう。ぼんやりとこんなことを考えていたときだった。

流れ星は、一瞬《いっしゅん》だった。頭やおなかの痛《いた》みが、その短い間だけ消えた。ねがいごと、したかったのに。

ふと、こんな疑問《ぎもん》がうかぶ。わたしのねがいごとって、何だろう。

学校に行って、友だちといっしょに勉強したい。思い切り走ってみたい。イチゴのショートケーキもおなかいっぱい食べてみたい。飛行機《ひこうき》に乗って外国にも行ってみたいし、アイドルのオーディションも受けてみたい。考えてみると、たくさんあった。

つぎ、流れ星が見られても、こんなにたくさんいえるはずはない。一番のねがいごとを決めようとしたが、なかなかこれがむずかしい。

「あの星は北極星《ほっきょくせい》というのよ」

ある日、夜に見まわりに来た看護師《かんごし》の歩美《あゆみ》さんが教えてくれた。

それから、星のことを本でたくさん勉強した。星には季節《きせつ》によって大きく動く星とあまり動かない星があるらしい。あまり動かない星は空の高いところにあって、一年中同じようなところでクルクルまわっているそうだ。

入院している星山総合病院《ほしやまそうごうびょういん》は、前にいた病院よりもいなかなので、星の観察《かんさつ》にはもってこいだった。おかげであまり動かない星の代表である北斗七星《ほくとしちせい》とカシオペヤ座《ざ》は、すぐにさがせるようになった。

明里《あかり》はずっと病院で暮《く》らしている。病気のせいで心臓《しんぞう》から送り出される血液《けつえき》がへってしまうのだ。それで、入院したり退院《たいいん》したりをくり返している。だから学校にもなかなか行けない。

体調がいいときは、同じように入院している子と、病院内を探検《たんけん》することもある。けれど、その子たちはたいていすぐに退院《たいいん》してしまう。だから病院の図書館で本を読んだり、絵をかいたりしてすごすことが多かった。

明里《あかり》は夏が好《す》きだった。夏は夜が短い。

どうしてもさびしい夜には、いろいろと理由をつけて看護師《かんごし》さんをよぶことにしている。

「それ、かわいいね」

なかよしになった看護師《かんごし》の歩美《あゆみ》さんのネームプレートには、小さなぬいぐるみのストラップがついていた。ピンクのうさぎで、赤と白のボーダーのチョッキを着ている。歩美《あゆみ》さんはネームプレートからはずし、手にのせてくれた。

「自分であんだのよ」

「わぁ、すごい。上手《じょうず》だね」

「明里《あかり》ちゃんも、作りたかったら教えてあげるよ」

こうして明里《あかり》は、歩美《あゆみ》さんの手が空いているときにあみものを教わることになった。

梅雨《つゆ》が終わった。ようやくきれいな夜空がもどってきた。本格的《ほんかくてき》な夏がやってきたのだ。

ある晴れた夕方、窓《まど》の外に見なれないものを見つけた。

それは、小さな黄色いテントだった。草がぼうぼうと生えている川原に、ぽつんとひとつ、たっているのだ。

しばらく見ていると、どこからか男の子がひとり、大きな水筒《すいとう》をかかえてやってきた。青いキャップをかぶった、同じ年くらいの男の子。

それからもうしばらくすると、今度はおじいさんがやってきた。めがねをかけた、こわそうな雰囲気《ふんいき》の人だった。

ふたりはならんで川原の石にすわり、おしゃべりを始めた。声は聞こえないが、何だか楽しそうだ。

夕日がしずみ、あたりがすっかり暗くなると、ふたりは黄色いテントの中へ入っていった。ふたりはあそこで暮《く》らしているのかな。窓《まど》を開け、身を乗り出

してみたが、テントの中は見えなかった。

もしわたしにテントがあったら、と明里《あかり》は考えてみた。テントの色は、絶対《ぜったい》にピンク色。これだけはゆずれないわ。テントの中にはぬいぐるみをたくさんおいて、お花でいつもきれいにかざっておくの。朝は小鳥の声で起きて、昼はおいしい紅茶《こうちゃ》とクッキーを用意して、友だちをたくさんよぶの。そして夜は、お父さんに買ってもらう予定の天体望遠鏡で星や月を観察《かんさつ》するわ。

こんなにワクワクするのは、ひさしぶりだった。

明里《あかり》はいいことを思いつき、口をおさえてふふっと笑《わら》った。流れ星は、いつどこから見えるかわからない。だから、星が流れ星になるのを待とう。毎日同じ星を見ていれば、もしかすると流れ星になる瞬間《しゅんかん》が見えるかもしれない。一番のねがいごとは、観察《かんさつ》しながら考えよう。

こんなことを思いえがいていると、空にはもうたくさんの星がまたたいていた。川原の黄色いテントには明かりがともり、大きなランプのようだった。

ある日、いつものように明里《あかり》はテントをながめていた。月の明るい夜だった。

するとき、男の子が急にこっちを指さしたのだ。

びっくりした明里《あかり》は、さっとカーテンの陰《かげ》にかくれた。すぐに目だけ出して見てみると、もう男の子はちがう方を向いていた。

月は川にゆらゆらとうつり、まるで明里《あかり》の心臓《しんぞう》のようだった。


平井《ひらい》さんと圭太《けいた》と明里《あかり》の住む星山町《ほしやまちょう》は、小さないなか町。秋になると台風の通り道になるが、一年を通してあたたかく、とても住みやすい町だ。

星ノ川《ほしのがわ》の河口付近《かこうふきん》にあることから、港町として歴史《れきし》をきざんできた。むかしは魚をとる小さな船だけが港にならんでいたが、今はとなり町にたくさん工場ができたので、毎日何台もの大型船《おおがたせん》がやってくる。港にはトラックが来ては、船から荷をつんでとなり町へ運んでいく。

こうして、トラックが走り去る音は聞こえるけれど、星山町《ほしやまちょう》はしずかな町だ。ゆったりと流れる星ノ川《ほしのがわ》を中心に、お店や住宅《じゅうたく》がたちならんでいる。

明里《あかり》が星山総合病院《ほしやまそうごうびょういん》に転院する前の病院は、となり町にあった。明里《あかり》が生まれ育った町だ。けれど、工場のけむりが立ちこめた町だったので、お母さんが体によくないと考えたのだ。星山町《ほしやまちょう》は明里《あかり》の町の西にあり、海からの風の影響《えいきょう》で悪い空気は流れてこない。

けれど、せっかく空気のいいところにひっこしたというのに、まだ一度も外に出たことがなかった。お医者さんの許可《きょか》がなかなかおりないのだ。

そんな病院の中だけの生活だが、明里《あかり》はお気に入りの場所を見つけた。それは、病院の最上階《さいじょうかい》にある小さな図書館だ。

明里《あかり》の好きな絵本のシリーズがそろっていて、ピンク色でフワフワのソファーがある。それに週末《しゅうまつ》になると、本の朗読《ろうどく》ボランティアさんが来てくれ、読み聞かせや紙しばいをしてくれるからだ。

ほとんどのボランティアさんは、週末《しゅうまつ》しか来てくれない。けれど、ひとりだけはほとんど毎日図書館にいてくれる。千紗子《ちさこ》さんといって、年は看護師《かんごし》の歩《あゆ》美《み》さんと同じくらいの女性《じょせい》だ。黒髪《くろかみ》をポニーテールにして、耳にはいつも白い真珠《しんじゅ》のイヤリングをしている。

千紗子《ちさこ》さんは、常連《じょうれん》の明里《あかり》をすぐにおぼえてくれた。

図書館へ行くと、明里《あかり》はまず千紗子《ちさこ》さんをさがす。平日の図書館に、ほかの人はぜんぜんいない。だから千紗子《ちさこ》さんは本だなの整理《せいり》や部屋のそうじをしていて、カウンターの陰《かげ》や机《つくえ》の下なんかにかくれていることが多いのだ。

千紗子《ちさこ》さんを見つけると、明里《あかり》はかならずこう聞く。

「おもしろいの、なぁい？」

すると、

「おもしろいの、あーるよ」

と、千紗子《ちさこ》さんは笑顔《えがお》でむかえてくれる。借《か》りた本をすぐに読んでしまうので、明里《あかり》はいつも新しい本を紹介《しょうかい》してもらっている。

「そろそろこんな本にチャレンジしてみたらどうかな」

きょう紹介《しょうかい》してもらった本は、国語辞典《じてん》みたいにぶあつい小説だった。手に持ってみると、ずしんと重みがつたわってくる。ペラペラめくってみると、細かい字ばかりで、挿絵《さしえ》は数えるほどしかなかった。

「まだこんなの読めないよ」

「そうかな。絵がなくたっておもしろいよ」

「だって、ねむくなりそうなんだもん」

「でも、おもしろい本が読みたいんでしょ」

「これはもうちょっとしてからにする」

「そう?」

明里《あかり》は、大きくうなずいた。

「じゃあ、マンガを読んでみる?」

「マンガ?」

これまでマンガを読んだことは一度もなかった。テレビでアニメはよく見るが、お母さんが買ってくれるのはいつも物語ばかりなのだ。

「ほんとは原作を読んでほしいんだけどね」

千紗子《ちさこ》さんが紹介《しょうかい》してくれたのは、『赤毛のアン』のマンガだった。

★圭太《けいた》

圭太《けいた》はうかない顔をして川原に来ていた。

「きょうはそんな顔してどうしたんだ」

平井《ひらい》さんがすぐにたずねた。

「母さんに、キャンプのことがばれたんだ。だからもうここで泊《と》まれなくなっちゃったよ」

ここ数日、圭太《けいた》は毎日テントで寝泊《ねと》まりしていた。お母さんは仕事がいそがしくて残業《ざんぎょう》つづきだったし、圭太《けいた》は夏休み中だったからだ。

「そうか」

平井《ひらい》さんは何かいいたげな顔をしたが、それ以上《いじょう》何もいわなかった。

圭太《けいた》は携帯電話《けいたいでんわ》でゲームを始めた。平井《ひらい》さんはその様子をだまって見ていた。

ゆっくりと日が落ち、オレンジ色の月がのぼってきた。薄暗《うすぐら》い中、携帯電話《けいたいでんわ》のディスプレイだけがまばゆいほどの光をはなち、プッシュ音がせわしなく聞こえた。平井《ひらい》さんが持ってきてくれた蚊取《かと》り線香《せんこう》のけむりは、真っすぐに天に向かってのびていく。

風のない夜。いつの間にか、真っ暗になっていた。圭太《けいた》は、ゲームをやめた。

「夜勤《やきん》っていってた日に、母さんが早く帰ってきたんだ」

やっと圭太《けいた》が口を開いた。

「それじゃあ、おまえがいなくて大さわぎしたんだろう」

「うん。きょうは朝から職員室《しょくいんしつ》によばれたんだ。早いっていっても母さんが帰ってきたのが夜中だったらしくてさ。すぐ寝《ね》ちゃったみたいで、ぼくがいないって気づいたのは朝だったんだって」

平井《ひらい》さんはランプをつけ、テントにぶら下げた。

「夏休み中なのによばれたのか。先生にもこってりしかられたんだろうな」

「いや、母さんにくらべたらぜんぜんだよ。母さん、すっごくおこってたから。今までで一番ってくらいに」

圭太《けいた》はひざをかかえてまるくなった。

「そりゃあ、おこるだろうさ。わしは子どもはおらんけれど、子どもがいなくなって心配しない親なんぞいないぞ。それを知っていてここで毎日かまってるわしもわしだがな」

「そんなもんかなぁ」

「そんなもんだ。そういや、圭太《けいた》の母さんは何の仕事をしてるんだ」

ふに落ちない顔のまま、圭太《けいた》はくるりと川に背《せ》を向け、病院を指さした。

「あの病院で、看護師《かんごし》さんをしてる」

夜の病院はどっしりとしていて、川原に面した部屋にはカーテンがきっちりかかっているらしく、薄明《うすあか》るくて不気味《ぶきみ》に見える。

「看護師《かんごし》か。りっぱな仕事じゃないか」

「うん。母さんは毎日がんばってるんだ」

平井《ひらい》さんはほっとしたような顔をした。

「そりゃ、たいへんな仕事だろうからな」

「うん、ぼくは将来《しょうらい》医者になるんだ」

「医者か。なんでだ」

「医者になったら、たくさんはたらくんだ。そうしたら母さんは看護師《かんごし》だから、楽になるかもしれない」

「なるほどな。でもおまえ、前は天文学者もいいっていいってなかったか」

「やっぱりどっちもなるのはむずかしいかな」

「それはよくばりかもしれんなあ」

と、平井《ひらい》さんは笑《わら》った。

「それよりきょうは、こんな時間までだいじょうぶなのか」

「もう帰るよ。今度だまって家をぬけ出したら、もうごはん作ってくれないっていわれたし」

「そうか、そりゃよくないな。圭太《けいた》の母さんは料理上手《りょうりじょうず》だしな」

帰り道、圭太《けいた》は考えた。どうしたらこれからもキャンプができるだろうかと。

住んでいるマンションだと、自分の部屋からは天体観測《かんそく》ができない。窓《まど》が小さくて、うまく望遠鏡を固定《こてい》できないのだ。ほかの部屋の窓《まど》にはベランダがあるが、お母さんの趣味《しゅみ》でハーブをたくさん育てているので、大きな望遠鏡はおけそうにない。

それに、キャンプをすれば平井《ひらい》さんが来てくれる。うちでひとりでいても、ゲームぐらいしかすることがないし、ふとした瞬間《しゅんかん》によけいなことばかり考えてしまう。でも、お母さんをこまらせたくはないしなぁ。圭太《けいた》は頭をかかえた。

「何かいい方法《ほうほう》ないかなぁ」

ひとりごとをいいながら、真っ暗な家へ帰る。それをオレンジ色のまるい月が、じっと見守っていた。

明里《あかり》

そのころ明里《あかり》は、カーテンのすきまからずっとふたりをうかがっていた。

さっき男の子がこっちを指さしたのは、気のせいだったのかもしれない。緊張《きんちょう》したせいか、急に胸《むね》が痛《いた》くなってきた明里《あかり》は、ナースコールをおして薬をたのんだ。

来てくれたのは、いつもの歩美《あゆみ》さんではなく、歩美《あゆみ》さんの大先輩《だいせんぱい》の高山《たかやま》さんだった。

歩美《あゆみ》さんは、看護学校《かんごがっこう》を卒業《そつぎょう》して二年目の、まだまだ新米の看護師《かんごし》さんだ。明里《あかり》には兄弟がいないので、本当のお姉さんのように思っていた。笑《わら》うとえくぼができて、大きな目が細くなる、とってもやさしいお姉さん。けれど、点滴《てんてき》の針《はり》を入れるのは苦手みたいだ。

高山《たかやま》さんは、ベテランの看護師《かんごし》さん。顔はふっくらまるくてやさしそうなのに、とてもきびしい人だ。夜中まで起きていたり、ごはんをぜんぶ食べないとおこる。

「明里《あかり》ちゃん、どうしたの」

「窓《まど》の外を見ていたら、のどがかわいたの」

「早く寝《ね》なきゃだめでしょ」

ほら、またおこった。

「だって、外でだれかがキャンプしていて楽しそうだったんだもん」

「外って、川原のこと？」

「うん」

すると、高山《たかやま》さんはいつもだったら考えられないスピードで窓《まど》にかけより、カーテンを開けた。

窓《まど》の外は真っ暗。さっきまでランプがついていて、黄色いテントとふたりがよく見えたのに、今は何も見えない。もう家に帰ったのかもしれない。

「だれもいないわよ」

「さっきまでいたのよ」

高山《たかやま》さんは考えごとをしているような顔をして、部屋を出ていった。

2　おかえり、父さん

★圭太《けいた》

数日後、圭太《けいた》のお父さんが帰ってきた。

会うのは三か月ぶりだ。

いつものようにお母さんは仕事の休みをとった。圭太《けいた》はバスで港まで行こうと提案《ていあん》したけれど、

「せっかくいいお天気なんだから、歩いて行くわよ」

と、お母さん。

「その代わり、帰りにアイスクリームを食べようね」

窓《まど》の外を見ると、ソフトクリームのような入道雲がそびえ立っていた。それも悪くないなと思った。

お父さんは、貿易会社《ぼうえきがいしゃ》の船に乗っている。外国から金属《きんぞく》を買い集め、星山町《ほしやまちょう》

の星山港《ほしやまこう》にとどけるのがおもな仕事だそうだ。いつもだいたい三か月ごとに帰ってくる。ずっとうちに帰ってこられないなんてつらいにちがいない。けれど、「この仕事につくのがずっと夢《ゆめ》だったんだ」と前にお父さんはいっていた。

夢《ゆめ》、か。医者にも天文学者にもなりたいけれど、お父さんが「夢《ゆめ》だった」と話していたときの顔を思い出すと、何かちがうような気がする。いったい、自分は何になりたいんだろう。

そんなことを考えながら、スポーツタオルで何度も額《ひたい》をふきつつ、港までの道を歩く。お母さんもその横で、右手には白い日がさ、左手にはハンドタオルをにぎりしめ、ふうふう息を切らしている。きょうもうだるような暑さだ。

星山港《ほしやまこう》は、もう人でいっぱいだった。お父さんの仕事なかまの家族たちだ。お昼すぎということもあり、一番暑い時間帯《じかんたい》。お母さんたちの白や黒の日がさが、一面にところせましとひろげられている。

「あらー、高山《たかやま》さん。おひさしぶり」

「おひさしぶりです。先日はお茶にさそっていただいたのに残念《ざんねん》でした」

「いえいえ、またおさそいしますね」

お母さんが知り合いとおしゃべりを始めたので、ヒマになった。

港には、子どもも大勢《おおぜい》来ていたが、ほとんどみんな中学生。圭太《けいた》にとっては中学生といえばもうおとなだ。お母さんは「おしゃべりしてきなさいよ」なんていうけれど、そんなことかんたんにはできない。

圭太《けいた》は人見知りで、とくに年上の人は苦手だった。今から思えば、平井《ひらい》さんとあっさり打ちとけられたのが不思議《ふしぎ》だ。しかも平井《ひらい》さんは、初対面《しょたいめん》から映画《えいが》の悪役のようなこわい顔をしていたのに。年がはなれすぎるとだいじょうぶなのかもしれない。

船の警笛《けいてき》が聞こえてきた。ジャンプして日がさの上に顔を出すと、遠くの海に船が見えた。

毎回同じ光景《こうけい》なのに、いつ見てもワクワクする。夏休み前、圭太《けいた》は学校の国語の時間に「胸《むね》が高鳴る」という言葉をおぼえたが、このときこそ、この言葉がぴったりだと思った。

何度も何度もジャンプをした。お母さんたちの日がさの上に顔を出すたびに、船は大きくなっていく。

無事《ぶじ》に船が帰ってきた。しばらくして、中から人が出てくる。圭太《けいた》とお母さんはお父さんをさがした。

見つけた。お父さんだ。お父さんは船の乗組員の中で一番わかい。それに、かっこいい。お母さんは「アイドル系《けい》」だという。そんなお父さんが、どうして十も年上でぽっちゃりなお母さんと結婚《けっこん》したのか、圭太《けいた》にはわからなかった。けれど、お父さんはお母さんが好《す》きでたまらないのだ。いつだってお母さんがお父さんを見つけるより早く、お父さんはお母さんを見つけ出し、走りよってだきしめるのだから。今回も、圭太《けいた》のとなりでお父さんのえりあしの茶色い髪《かみ》がふわっと風にゆれた。

つぎに、お父さんは圭太《けいた》と握手《あくしゅ》をする。力強い、男どうしの握手《あくしゅ》だ。小さいころはお母さんと同じようにだきしめてもらったが、今はもう大きくなったので、いつからか握手《あくしゅ》に変《か》わっていた。

「おかえり、父さん」

「ただいま、圭太《けいた》。また背《せ》がのびたねぇ」

ひさびさに会うと何だかてれくさくて、下を向いた。お父さんの大きな青いくつ、お母さんの白いサンダル、そして自分の赤いスニーカー。やっと家族がそろったんだと感じた。きょうから玄関《げんかん》にお父さんのくつがならぶ。色あざやかな玄関《げんかん》がもどってくるのだ。

帰りに三人で売店のソフトクリームを食べた。おいしそうに食べるふたりの笑顔《えがお》を見ていると、やっぱり歩いてきてよかったな、と思った。

★明里《あかり》

明里《あかり》は毎晩《まいばん》外をながめていた。
最近《さいきん》は、カシオペヤ座《ざ》の北極星《ほっきょくせい》に一番近い星をずっと観察《かんさつ》している。いつこの星が流れ星になってもいいように、じっと見ているのだ。

それから、川原の黄色いテント。最近気《さいきん き》になるのは、男の子が来なくなったことだ。おじいさんは毎日夕方にやってきて、テントのまわりをうろうろしたあと、帰っていく。

男の子が来なくなったのは、この前明里《あかり》を指さしてからのことだ。あのときはなかよくしているように見えたのに、おじいさんとケンカでもしたのかと、心配になった。

こうも考えた。もしかすると、病気になったのかもしれない。そうなら、この病院にやってくるかもしれない。

そして入院なんてことになったら、友だちになれるかもしれない。明里《あかり》は看護師《かんごし》の歩美《あゆみ》さんをよんだ。

「最近《さいきん》、わたしと同じくらいの年の男の子が病院に来なかった？」

いきなりの質問《しつもん》に、歩美《あゆみ》さんは首をかしげた。

「明里《あかり》ちゃんと同じくらいの子なら、何人も来てるわよ」

「ほんと？　その中に入院した子はいる？」

「いないわね」

明里《あかり》は肩《かた》を落とした。

「どうしたの？　お友だちでもさがしてるの？」

「お友だちになる予定の子をさがしてるの」

歩美《あゆみ》さんには、何が何だかわからない。明里《あかり》は川原の黄色いテントに集まるおじいさんと男の子の話をした。

「ほら、きょうもおじいさんは来たよ」

「あれ、あの方なら、わたし知ってるわ」

「歩美《あゆみ》さん、本当？」

「うん。高校のときに担任《たんにん》だった、平井《ひらい》先生のだんなさん。国語の先生でね、すっごくよくしてもらったの。友だちと何度も家に遊びに行ったこともあるのよ。だからだんなさんも知ってるの」

「よくおぼえてたね」

「ほら、スキンヘッドに黒いめがねは今もお変《か》わりないから。近くで会うと、背《せ》がすっごく高いのよ」

むかしの話をする歩美《あゆみ》さんは、楽しそうだ。

「そうなんだ。でも、おじいさんはいつもひとりだよ。歩美《あゆみ》さんの先生は、ここから見たことない」

歩美《あゆみ》さんの顔がビデオの停止《ていし》ボタンをおしたかのように動かなくなった。

「歩美《あゆみ》さん？」

「平井《ひらい》先生はね、三年前に交通事故《こうつうじこ》で亡《な》くなられたの。それからだんなさんはこっちにうつり住んだって聞いていたけど、ほんとだったのね」

初《はじ》めて「仕事以外《いがい》」の歩美《あゆみ》さんに出会った気がした。きっと、毎日頭の上でおだんごにしている髪《かみ》も、ピアスの穴《あな》は空いているのに何もつけていない耳も、仕事用なのだろう。そう考えると、人が亡《な》くなったことを聞いたというのに、歩美《あゆみ》さんと前より近くなれた気がした。

「それにしても、その男の子ってだれなんだろうね。先生にお子さんはいなかったみたいだから、お孫《まご》さんでもなさそうだし」

ふたりは顔を見合わせ、同時に首をひねった。

★圭太《けいた》

朝六時に起きて、ラジオ体操《たいそう》へ。それからハムエッグとトーストの朝食を作って、お母さんを起こす。これが、圭太《けいた》の夏休みの朝だ。

お昼からは、小学校の水泳教室へ。お父さんに泳ぎを教えてもらっていたので、水泳だけはとくいなスポーツだった。

水泳教室が終わったら、友だちのかっちゃんと近くのだがし屋へより、百円分のおかしを買うのがお決まりだ。とびきり暑い日は、かき氷にすることもある。そして、公園のすべり台の下か、かっちゃんのうちで食べる。

夕方からは、晩《ばん》ごはんをタッパーにつめて、天体望遠鏡を背負《せお》って川原へ向かう。テントでのお泊《と》まりがお母さんにばれてからも、相変《あいか》わらず川原に通っていた。

これが、圭太《けいた》の夏休みの毎日だった。

そんな毎日に、お父さんが帰ってきた。

お父さんは、長いお休みをもらったので、毎日家にいる。

圭太《けいた》の毎日は、大きく変《か》わった。

朝六時に起きてラジオ体操《たいそう》に行くことと、かき氷を買うことは変《か》わらなかったが、どこに行くにも何をするにもお父さんは圭太《けいた》をつれていくのだ。

たとえば、星ノ川《ほしのがわ》上流の山。帰ってきた翌日《よくじつ》に、急に行こうといい出した。

「仕事中、海ばっかり見てたからね。やっぱり山はいいさぁ」

滝《たき》のような汗《あせ》にかまわず、お父さんはとても元気だった。ひょいひょいと軽い足取りで山をのぼっていく。圭太《けいた》はついていくのに必死《ひっし》だった。

そして、つぎは海。

「やっぱり海が一番さぁ」

海水浴《かいすいよく》に来たというより、温泉《おんせん》につかっているような感覚《かんかく》でいうお父さん。

ずっとこんな調子なので、圭太《けいた》はひとりで泳ぐのをやめ、お父さんと首まで海につかってワカメのようにゆれていた。

遠出をしない日は、

「きょうは男の料理《りょうり》をするど。圭太《けいた》も手つだって」

と、食材《しょくざい》を買いこんで夏野菜《やさい》カレーに挑戦《ちょうせん》したり。

ふと、平井《ひらい》さんに野菜《やさい》をわけてもらえばよかったかな、と思った。平井《ひらい》さんは、ナスにトマト、キュウリにトウモロコシと、いろいろと作っている。亡《な》くなったおくさんの家庭菜園《さいえん》を手つだっていたからだとかで、野菜《やさい》たちはどれもなかなかの出来だった。

お父さんと出かけた帰りには、かならず病院へよった。お母さんがはたらいている星山総合病院《ほしやまそうごうびょういん》だ。

お母さんは、子どもばかりが入院している小児科病棟《しょうにかびょうとう》のナースステーションにいる。

「はずかしいから総合案内所《そうごうあんないじょ》で待ってて」

お母さんはそういうのに、毎回お父さんは小児科《しょうにか》のナースステーションまでむかえに行く。当たり前だが、小児科《しょうにか》には圭太《けいた》と同じ年ごろの子どもがたくさんいるので、人見知りの圭太《けいた》もお母さんにさんせいだった。けれど、断固《だんこ》としてお父さんは小児科《しょうにか》まで行くのだ。

「あなたが来ると、後輩《こうはい》たちがうわつくでしょ」

と、お母さん。けれど、こういうわりに実はよろこんでいることを、圭太《けいた》は知っていた。うわつくという意味はわからなかったけれど、お父さんも笑《わら》っていたので、きっと悪い意味ではないだろう。

帰り道、川原ぞいの土手を三人で歩くと、黄色いテントが見えた。お父さんが帰ってきてから、一度もテントへは行っていない。でも、平井《ひらい》さんが毎日見はってくれるとやくそくしたので安心だ。

圭太《けいた》は、ばれないようにテントと反対側《がわ》にある一番星を指さして、ふたりの視線《しせん》をそちらに向けた。

3　青いキャップ

明里《あかり》

春も夏も、秋も冬も、病院は快適《かいてき》だ。うちわであおぎながら歩くスーツすがたのお兄さんを、明里《あかり》は窓《まど》から見ていた。外はとても暑そうだ。それでも、まぶしい太陽の下で自由に歩けるお兄さんがうらやましかった。

明里《あかり》はここ数日、検診《けんしん》にひっかかってしまい、何回も点滴《てんてき》をした。心臓《しんぞう》がふつうの人のようなリズムで動いていないので、すぐにつかれてしまう。心不全《しんふぜん》というらしい。熱《ねつ》も出たし、おなかも痛《いた》くなった。外出許可《きょか》がおりるのは、まだ先になりそうだ。

今、明里《あかり》はマフラーをあんでいる。歩美《あゆみ》さんにあみ方を教わったのだ。

「夏にあみものして、暑くないの？」

お母さんはこういったけれど、この夏、暑いなんて思ったことはない。点滴《てんてき》の副作用《ふくさよう》で、何度か真冬のように寒く感じたことはあるけれど。

本当はあみぐるみを作りたかった。でも最初《さいしょ》からそれはむずかしいので、まずはマフラー。あんではほどき、あんではほどきをくり返しながら進めていく。

毛糸の色は、白にした。白は明里《あかり》が二番目に好《す》きな色だ。もちろん一番はピンク色。

病室のベッドには、大きなピンクのうさぎのぬいぐるみがある。初《はじ》めて入院したとき、夜さびしくないようにとお父さんが買ってくれたものだ。

マフラーは、そのうさぎのピョンちゃんにまきたいのだ。ピンクのうさぎにピンクのマフラーはちょっと合わない気がして、白にした。

少しして、あみものにあきた明里《あかり》はろうかに出た。お母さんは出張《しゅっちょう》で病院へ来られなくなったので、ヒマになったのだ。

ひさしぶりの病室の外。夕方の病院が、明里《あかり》は一番好《す》きだった。入院患者《かんじゃ》のお見舞《みま》いで、病院が人でいっぱいになるからだ。お母さんのように仕事帰りに面会に来る人が多いのかもしれない。

最近《さいきん》できた友だちは、きのうで退院《たいいん》してしまった。黄色いテントの男の子も、ここのところずっと見かけない。もっと早く何とかして会いに行けばよかったなと、明里《あかり》は後悔《こうかい》していた。

ナースステーションの前のソファーでひと息ついていると、だんだんと心細くなってきた。みんな楽しそうにおしゃべりしながら歩いているのに、自分はひとりきり。ガラスばりになったナースステーションの中では、看護師《かんごし》さんたちはいそがしそうにはたらいている。きょうは歩美《あゆみ》さんは休みでいない。

そこへ、お兄さんと男の子がやってきた。お兄さんは、雑誌《ざっし》から出てきたようなモデルみたいな人だ。

なんと男の子は、あの、川原の黄色いテントにいた男の子だった。

ひと目見て、あっと声が出そうになった。いつもの青いキャップすがただ。

ふたりはナースステーションのカウンターで高山《たかやま》さんと話している。知り合いなのだろうか。こっちを向かないかな。こんなことを考えながら見ていると、ふたりが近づいてきた。そして、明里《あかり》の横にすわった。

予想もしないできごとに、おどろいてしまって身をかたくした。そんな明里《あかり》に気づくはずもなく、ふたりはしゃべり始めた。

「こうやってちょっと早くむかえに来るの、お父さん、わざとでしょ」

「お母さんが仕事してるのって、ほれなおすさぁ」

「そうかな」

「圭太《けいた》にはまだわからないか」

「わからなくてもいいよ」

「じゃあ、わかってしまうときが来るさぁ」

もしかして、このお兄さんはあの高山《たかやま》さんのだんなさんで、男の子は息子《むすこ》さん？　聞いているのがばれないように、ふたりと反対の方を向いた。

しばらくすると、ナースステーションのとなりの部屋から、高山《たかやま》さんが出てきた。ここは、看護師《かんごし》さんたちの更衣室《こういしつ》だ。高山《たかやま》さんは、薄《うす》い水色の制服《せいふく》から私服《しふく》に着がえていた。髪《かみ》も、仕事中はいつもしばっているのに、肩《かた》までたれ下がっている。

「おまたせ」

「おかえり、ゆり子さん」

「おつかれさま、母さん」

立ち上がったふたりの影《かげ》にかくれるように、明里《あかり》は体をまるめた。

「あら、明里《あかり》ちゃん。どうしたの」

高山《たかやま》さんが気づいた。だんなさんと男の子の四つの目も、明里《あかり》に向く。

「さ、さんぽしてたの」

何とかこういって、男の子を見上げた。ピタリと目が合った。こっちを向いてほしかったはずなのに、今度ははずかしくて逃《に》げ出したくなった。

「わたしの夫《おっと》と、息子《むすこ》の圭太《けいた》よ」

圭太《けいた》、くん。高山圭太《たかやまけいた》くん。

そのあと、高山《たかやま》さんはふたりに紹介《しょうかい》してくれた。けれど、頭の中に圭太《けいた》くんの名前がぐるぐるとまわって、気づいたときにはひとりソファーにすわったままだった。

いつの間にか面会時間は終わったようで、あたりはしずまり返っている。明《あか》里《り》の小さな心臓《しんぞう》だけが、音を立てているようだった。

やっと会えた。それに、名前までわかった。心臓《しんぞう》が悪い明里《あかり》は、心配になってパジャマの上から何度も何度もさすっては深呼吸《しんこきゅう》をした。

ようやくドキドキがおさまってきたので、そろそろ病室にもどろうと立ち上がった。ふと見ると、ソファーの上に何かがあった。青いキャップだ。

そっとぼうしを手に取った。一度しずかになったはずの心臓《しんぞう》が、またおどりだした。

体調のことを考えるとスキップはできなかったけれど、ぼうしをだきしめ、明里《あかり》は上きげんで病室へと帰った。

★圭太《けいた》

「父さん、ぼくのぼうし、知らない？」

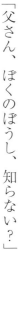

翌日《よくじつ》の朝、圭太《けいた》は部屋の中をさがしていた。

「なんね、圭太《けいた》。父さんはまだねむい」

それもそのはず。今からラジオ体操《たいそう》に出かけるところなので、まだ朝の六時前なのだ。

自分の部屋、リビング、玄関《げんかん》や洗濯機《せんたくき》の中まで見てまわったけれど、ぼうしは見当たらない。

「また帰ってからさがせばいいさぁ」

お父さんはもう寝息《ねいき》を立てていた。

それもそうだなと思い、圭太《けいた》は家を出ていった。そして帰ってからもう一度さがしてみた。けれど、やっぱり出てこない。

「きのう遊びに行ったところに落としてきたんじゃないの」

お母さんはそういって、お父さんが作ったサンドイッチをほおばった。

「これはミステリーさぁ」

お父さんはテーブルについて、知恵《ちえ》の輪で遊んでいる。仕事先の外国で買ったもので、圭太《けいた》がおみやげにもらったものだった。

「ミステリー？」

お父さんの長めの髪《かみ》にはまだ寝《ね》グセがついていた。

「だっておかしいさ？　圭太《けいた》がいつもかぶっているぼうしがないとか」

そのとおりだった。圭太《けいた》はめったなことではぼうしをぬがないのだから。

きのうの朝からのことを思い出すことにした。朝はいつもどおりラジオ体操《たいそう》へ行って、それから家で夏休みの工作の貯金箱《ちょきんばこ》を作った。そして昼からは図書館へお父さんと行った。そのあとは、ゲームセンターで遊んでから川原でぶらぶらして、お母さんをむかえに病院へ行き、三人で帰ってきた。

図書館を出たときにはかぶっていたはずだと、お父さんがいった。だとすると、ゲームセンターか川原か病院だ。

あの青いキャップは、毎月のおこづかいをためて買った大切なものだった。たくさんある中から、なやんでなやんでこの春に買ったばかりだ。

「ぼく、ゲームセンターをさがしてくるよ」

お父さんは知恵《ちえ》の輪をいじる手を止めた。

「それがいいな。オレもついていくよ」

お父さんは、寝《ね》グセをなおしに洗面所《せんめんじょ》へと立ち上がった。

ふたりはゲームセンターで、遊んだゲーム機《き》のまわりやトイレ、ジュースを飲んだベンチを見てまわった。けれど、ぼうしは見つからない。お父さんが店員さんに聞いてくれたが、とどけられてもいなかった。

「川原に行ったらあるさぁ」

しょんぼりしている圭太《けいた》の肩《かた》を、お父さんは軽くたたいた。毎日手もとにあるときは、買った日ほどうれしい気持ちになんてならないのに、こうしてなくなると、どんなに大切だったかがわかる。圭太《けいた》はぼうしのない頭をガリガリとかいた。

星ノ川《ほしのがわ》の川原にやってきた。

黄色いテントは、きのう確認《かくにん》したときと同じように、ちゃんとあった。きっと、毎日平井《ひらい》さんが見に来てくれているからだ。

高山圭太

「あのテント、圭太《けいた》のと同じ色だなぁ」

圭太《けいた》が下を向いてぼうしをさがしていると、お父さんがいった。平井《ひらい》さんとの天体観測《かんそく》のことは、まだ話していなかった。きのうはテントが見つからないように気をつけていたが、きょうはそんなことには頭がまわらなかった。

お父さんは、真っすぐにテントに向かって走っていく。

しまった。もうごまかせない。だって、テントの入り口には、黒いペンで「高山圭太《たかやまけいた》」と書いてあるのだ。

「これ、やっぱり圭太《けいた》のテントだったぞ」

お父さんの大きな声に、圭太《けいた》はしぶしぶ歩いていった。

★明里《あかり》

「あれ、そのぼうし、どうしたの？」
毎朝、看護師《かんごし》の歩美《あゆみ》さんは明里《あかり》の体温をはかりにやってくる。

「友だちのなの」

明里《あかり》はわきにはさんだ体温計を歩美《あゆみ》さんにわたした。

「お友だちが来たの？」

「友だちになる予定の子なの」

歩美《あゆみ》さんは不思議《ふしぎ》そうな顔をしていたが、そのあとクスリと笑《わら》った。そして体温計を見て、「だいじょうぶそうね」というと、行ってしまった。

すぐに引き出しからおりがみとカラーペンを取り出した。これで手紙を書くのだ。相手はもちろん圭太《けいた》くん。

友だちになってください。　あかり

こう大きく書き、四つにおって、ぼうしに入れた。そして大急ぎでぼうしごと引き出しの中にしまった。それから、部屋のすみにあるライトを手に取り、つけたり消したりしてみた。これは、ちゃんとつくかどうかの確認《かくにん》だ。

どうしてこんなに急いでいるかというと、もうすぐ看護師《かんごし》の高山《たかやま》さんがやってくるからだ。高山《たかやま》さんは圭太《けいた》くんのお母さんだから、ぼうしを見れば明《あか》里《り》のではないことがわかるはずだ。

高山《たかやま》さんにおねがいしてぼうしを返すのはかんたんなことだが、そうすれば、もう会うチャンスはこない。つまり、友だちになる機《き》会《かい》をうしなってしまう。

でも、自分で返すことができたら、友だちになってもらえるかもしれない。

ゆうべ、明里《あかり》はワクワクしてよくねむれなかった。高山《たかやま》さんにも歩美《あゆみ》さんにも見つからないようにぼうしを返す方法《ほうほう》を考えついたからだ。

友だちになれたら、いっしょにおかしを食べたりできるかな。あまいもの、好《す》きかな。お気に入りの本も貸《か》してあげよう。学校のことも聞いてみよう。

それに、元気になったらわたしもあの黄色いテントに入れてもらえるか、おねがいしてみなくっちゃ。そのときは、もちろんピョンちゃんもつれていこう。

もしわたしだけっていわれたら、しかたないけれど。

交換《こうかん》日記もできるといいな。男の子だから、そういうのは苦手かな。でも、おとなが持っているようなかっこいいノートにすれば、書いてくれるかも。

明里《あかり》にとって、友だちといえば病院で出会った人ばかりだった。退院《たいいん》してはなればなれになってしまっても、しばらくは手紙を交換《こうかん》したりした。けれど、時間がたつうちに返事がおそくなって、最後《さいご》には来なくなった。

しかたない。ずっとそう考えるようにして、明るくふるまっていた。もし暗い顔なんてしたら、ぜんぶわかっているお母さんを悲しませてしまうからだ。

お母さんとお父さんがいればいい。長い間、何人もの手紙の返事を待つうちに、こう思うようになった。ふたりがいれば、友だちはいなくてもいい、と。

でも、梅雨《つゆ》が明けた夜、川原でテントを見つけてから、また友だちがほしいという気持ちがおさえられなくなっていた。

ライトを元の場所にそっともどすと、準備《じゅんび》は万全《ばんぜん》。あとは、タイミングしだい。

「明里《あかり》ちゃん、そろそろ点滴《てんてき》しますよ」

いつの間にか部屋に来ていた高山《たかやま》さんの手には、点滴《てんてき》の大きなふくろ。副作用《ふくさよう》で頭がガンガンするので、この点滴《てんてき》はきらいだったが、きょうはそれほどいやな気分にはならなかった。

4　平井《ひらい》さんちの押《お》し入《い》れ

★平井《ひらい》さん

平井《ひらい》さんは、きょうも川原を歩いていた。朝ごはんの前と、夕ごはんのあとにさんぽするのが平井《ひらい》さんの日課《にっか》だ。なぜなら、圭太《けいた》のテントを見はる大事な役目があるからだ。

けれど、きょうは夕ごはんの前に川原に来ていた。最近《さいきん》少し太ってきたので、ダイエットすることにしたのだ。圭太《けいた》に出会ってからというもの、ビスケットをよく食べるようになったからだろう。

見上げると、空には灰色《はいいろ》の雲がつまっていた。まだ夕方でもないのに、あたりは暗くなっていく。

平井《ひらい》さんはおくさんの幸子《さちこ》さんを思い出していた。結婚《けっこん》して間もないころ、幸子《さちこ》さんはよくぬいぐるみ作りをしていた。

小さく切った布《ぬの》をぬい合わせ、綿《わた》をつめ、最後《さいご》にふたをするようにかがるとできあがり。ずっと見ていたわけでもないのに、綿《わた》をつめるときだけはよく目にしていた気がする。

きょうの空は、神様がこの世界に綿《わた》をつめたような、そんな感じだった。

「こりゃ、ひと雨来るな」

気がつくと、家からずいぶん遠くまで来ていた。かさもないので帰ろうと、ふと遠くのテントの方に目をやると、人影《ひとかげ》が見える。しかも、ひとりではない。

「何てこった。あやしいやつかもしれん」

平井《ひらい》さんは大急ぎで向かった。

テントのそばにいたのは、圭太《けいた》だった。頭をかきながら、下を向いている。

それから、腕組《うでぐ》みをして満足《まんぞく》そうな顔で笑《わら》っている青年。友だちにしては、ちょっと年がはなれすぎている。

「圭太《けいた》、ひさしぶりだな」

声をかけると、圭太《けいた》は顔を上げた。

「圭太《けいた》の友だち？」

青年は、腕組《うでぐ》みしていた手をほどいた。青年の「友だち」のひと言に、平井《ひらい》さんはてれくさくなった。

「うん、友だちの平井《ひらい》さん」

今度は圭太《けいた》の「友だち」のひと言に、顔が熱《あつ》くなった。

「平井《ひらい》さん、こっちはぼくの父さん」

「父さんというと、船乗りの？」

「うん」

圭太《けいた》は力なくうつむいている。

「てっきり圭太《けいた》の兄さんかと思ったぞ」

大笑《おおわら》いする、お兄さんのようなお父さん。

「父さんにキャンプのことがばれたんだ」

平井《ひらい》さんは、お父さんの顔をうかがった。いくらずいぶんとわかくても、この人は圭太《けいた》の父親なのだ。自分もいっしょにあやまろうと、平井《ひらい》さんは思った。

けれど、お父さんは笑《わら》ったままの顔をくずさない。

「オレも天体観測《かんそく》する」

「え？」

顔を見合わせる圭太《けいた》と平井《ひらい》さん。

「オレがいる方が、ゆり子さんも安心するさーね。圭太《けいた》、いいだろ。オレも天体観測《かんそく》したい」

「平井《ひらい》さんがいいなら、いいけど」

もちろん平井《ひらい》さんはうなずいた。ぎこちなくなってしまったけれど。

「よし、こうなったからには、すぐやろう。ちょうどきょうはゆり子さんは夜《や》勤《きん》だし」

けれど、そうお父さんがいい終わるか終わらないうちに、大つぶの雨がふり出した。

「こりゃ、今夜は無理《むり》そうだな」

平井《ひらい》さんのひと言に、お父さんは残念《ざんねん》そうに肩《かた》を落とした。

★明里《あかり》

バケツをひっくり返したような、どしゃぶりの雨がふってきた。

明里《あかり》はがっかりした。今夜にでもぼうしを返そうと思っていたのだ。ゆうべ考えついた方法《ほうほう》をするとなると、雨ではできない。

「お母さん、来られなくて残念《ざんねん》だったね」

しょんぼりしている明里《あかり》の顔をのぞきこみながら、歩美《あゆみ》さんがいった。今から夕ごはんなので、薬を持ってきてくれたのだ。さっき電話で、「大雨のせいで道が渋滞《じゅうたい》して、面会時間が終わるまで行けそうにない」とお母さんから連絡《れんらく》があった。

夕ごはんのあと、カーテンをそっと開けて、外をのぞいてみた。星ノ川《ほしのがわ》の水の量《りょう》はとてもふえていて、近よるとすいこまれてしまいそうだった。

いつの間にか川原にテントはなかった。前にもこんな日は、おじいさんがたたんで持って帰っていたから、きょうもそうだろう。

その夜、明里《あかり》はおそくまであみものをしていた。ゆうべもあまり寝《ね》ていないのに、圭太《けいた》くんと友だちになる計画を思うと、ちっともねむくならないのだ。

うさぎのピョンちゃんのマフラーも、もうすぐ完成《かんせい》だ。初《はじ》めはうまくできなかったけれど、ようやくきれいにあめるようになってきた。

せっかくだから、しあげてしまおう。長時間点滴《てんてき》をしていたせいで体はだるかったが、明里《あかり》ははりきってあみつづけた。

けれど、

「そろそろ寝《ね》なさい」

と、見まわりに来た高山《たかやま》さんにおこられてしまった。

「こんなおそくまで細かいことしたら、つかれちゃうでしょ」

明里《あかり》は病気のせいで、ふつうの人よりつかれがたまりやすい。そして、つかれすぎると気をうしなってしまうこともあるのだから、高山《たかやま》さんがこういうのも無理《むり》はなかった。

「だって、ねむれないんだもん」

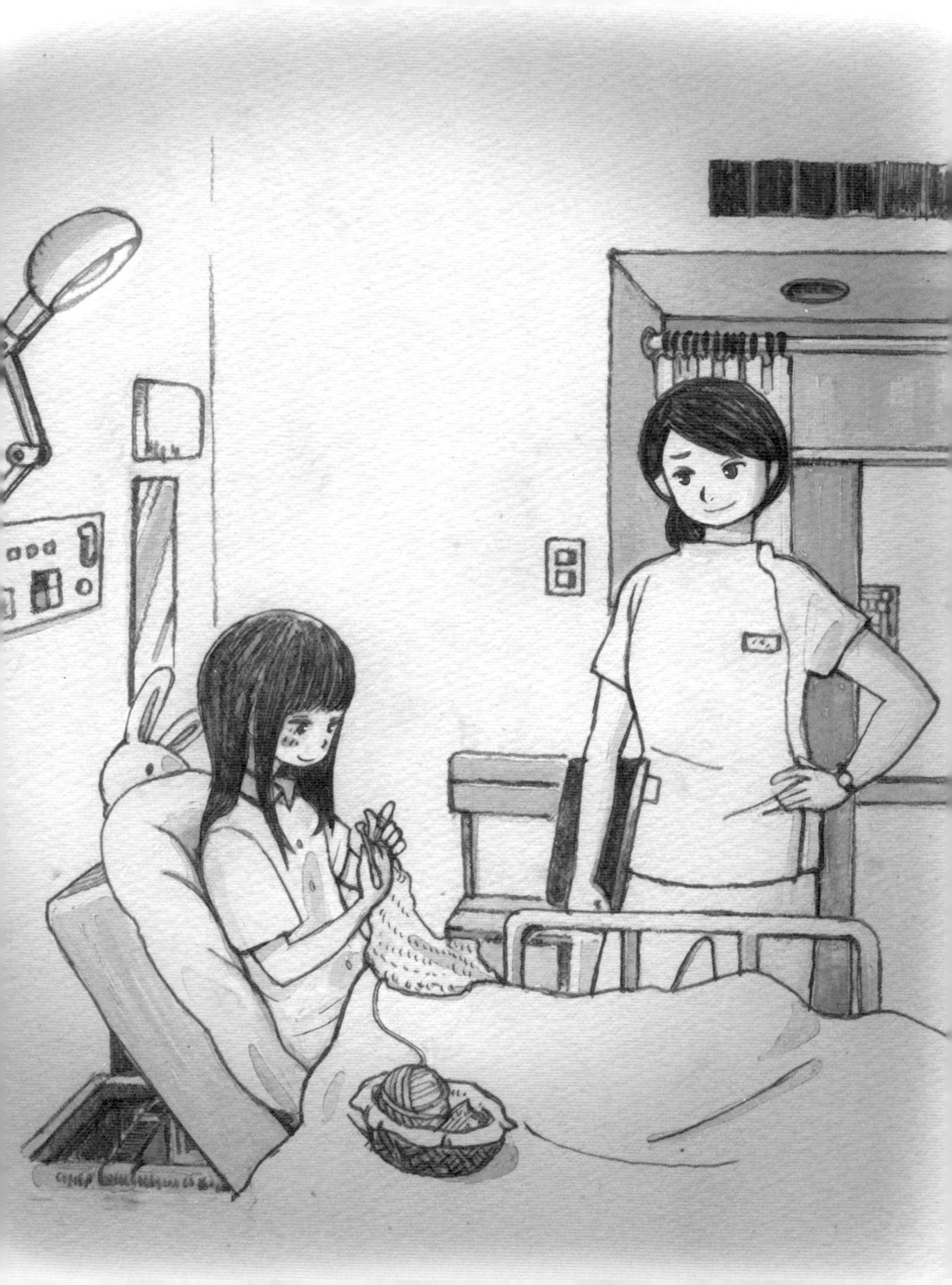

高山《たかやま》さんはため息をつきながらも、明里《あかり》の手から長くたれ下がった白いマフラーを、「上手《じょうず》にできてるわね」とほめてくれた。

この病院に来たばかりのころ、明里《あかり》は高山《たかやま》さんが苦手だった。ナースステーションに行くと、いつも歩美《あゆみ》さんやほかの看護師《かんごし》さんをきびしく注意していたからだ。

「わたし、高山《たかやま》さんって好《す》きじゃない」

歩美《あゆみ》さんとなかよくなってしばらくたったある日、明里《あかり》はこっそりといった。

「どうして？」

「こわいんだもん」

「こわくないよ」

「そうかな」

「きびしいのと、こわいのはちがうのよ」

歩美《あゆみ》さんはよく高山《たかやま》さんにおこられているのに。

でも、歩美《あゆみ》さんのいうことは、数日後にわかった。

ある夜、ねむれない明里《あかり》は、ベッドの上であやとりをしていた。けれど、見まわりに来た高山《たかやま》さんの足音を聞いて、あわててふとんの中にもぐりこみ、寝《ね》たふりをした。

そんなことは知らない高山《たかやま》さんは、ふとんをきれいにかけなおし、こうつぶやいた。

「いつもがんばってるわね」

思いがけない言葉に、なみだが出そうになった。それから高山《たかやま》さんは、明里《あかり》の頭をなでて、しずかに出ていった。

もしかすると、自分が本当にねむっているときでも、高山《たかやま》さんはこうしてやさしくしてくれているのかもしれない。一日中ベッドにいて、点滴《てんてき》ぐらいしかしていないのに、それを「がんばってる」といってくれるなんて。とてもうれしかった。

この話を歩美《あゆみ》さんにすると、

「高山《たかやま》さんは、みんなのお母さんだからね」

と、まるでとうぜんのことのような口ぶりで歩美《あゆみ》さんは笑《わら》っていた。

明里《あかり》のお母さんは、ぜんぜんおこらない。毎日病院に来ているが、仕事があるので夕方の面会時間が終わるまでの少しの間だけしか会えない。おこるヒマもないのだ。だから高山《たかやま》さんにおこられるのも、たまには悪くないな、と思うようになった。

「高山《たかやま》さんのだんなさん、かっこいいね」

部屋を出ていこうとする高山《たかやま》さんを、よび止めた。

「ふふ。ありがとう」

てれくさそうに笑《わら》って、高山《たかやま》さんは電気を消した。

「おやすみなさい、高山《たかやま》さん」

「おやすみなさい、明里《あかり》ちゃん」

ベッドから手をのばし、そっとカーテンをめくった。さっきよりはしずかな雨がふっていた。空にはぶあつい黒い雲がおおわれているが、その向こうにはきっと、流れ星がたくさん流れているにちがいない。

圭太《けいた》

「けっきょく、ぼうしは見つかったの？」

翌朝《よくあさ》、お母さんが帰ってきた。

「ううん、川原をさがしたあと、病院へ行こうと思ったんだけど、雨がふってきたからやめたんだ」

「そうじゃないかと病院の受付《うけつけ》にも聞いてみたんだけど、なかったわ。ほんと、どこにいったのかしらね」

お母さんの言葉に、圭太《けいた》はがっくりした。きょうはいい天気なので、病院へさがしに行こうと思っていたのだ。

「きっとわすれたころに出てくるさ」

わすれたころに出てくるのなら、もう一生出てこないような気がした。とてもわすれられそうになかったからだ。

きのう、あれから圭太《けいた》とお父さんは、平井《ひらい》さんの家におじゃました。空が泣《な》きわめいたようなどしゃぶりで、いくら圭太《けいた》のうちが川原から近いといっても、平井《ひらい》さんの家の方がもっと近かったからだ。

三人が手早くテントをたたみ、平井《ひらい》さんの家に逃《に》げこんだときには、みんなずぶぬれになっていた。

「この家にひっこしてきてから、初《はじ》めての客人だよ」

平井《ひらい》さんはそういって、すぐにタオルを出してくれた。うちのフワフワのタオルとちがい、ゴワゴワしていた。

玄関《げんかん》で髪《かみ》の毛をふきながら、圭太《けいた》とお父さんは家の中をのぞいてみた。

家は平屋で、二階がない。平井《ひらい》さんの体格《たいかく》を考えるとせまいろうかが玄関《げんかん》から真っすぐあって、その先には小さな台所が見えた。

台所の横に居間《いま》があるとのことで、ふたりは奥《おく》の部屋に案内《あんない》された。

ろうかの左右にはひとつずつ部屋があり、ひとつの部屋には、麦わらぼうしと軍手《ぐんて》が転がっていた。奥《おく》には天井《てんじょう》からぶら下がったタマネギや、土まみれのジャガイモが入ったかごが、いくつもならんでいた。

もうひとつの部屋は、平井《ひらい》さんの寝室《しんしつ》のようで、たたみの部屋にふとんが出しっぱなしだった。その横には古ぼけたミシンがおいてあった。

居間《いま》は、まるいちゃぶ台とざぶとんがひとつあるだけだった。ひとりでごはんを食べるには、大きすぎる部屋だった。

窓《まど》はふたつあって、川原に面した窓《まど》にはカーテンがかかっていなかった。平《ひら》井《い》さんがいうには、買いわすれたまま今まですごしてきてしまったらしい。

「きのうぞうきんがけしたところだから、ゆかはきれいだ」

そう平井《ひらい》さんはいって、ひとつだけあるざぶとんを部屋のすみへほうり投げ、ふたりをちゃぶ台のそばにすわらせた。ちゃぶ台の上には、ビスケットと、ごはんつぶがいくつか、そして、きれいなおばさんが白木のフレームの中で笑《わら》っていた。

「この人が平井《ひらい》さんのおくさん?」

圭太《けいた》が聞いた。一瞬《いっしゅん》ハッとした顔をして、平井《ひらい》さんは小さくうなずいた。

「じゃあ、あっちの部屋のミシンはおくさんの?」

「あぁ、嫁《よめ》に来るときに持ってきたものさ。圭太《けいた》にはめずらしいかもしれないな。あれは、足でふんで動かすものでな、今じゃそこいらでは売ってない」

平井《ひらい》さんがお茶をいれてくれた。きゅうすなんてものは使わない。大きなやかんに直接《ちょくせつ》お茶の葉を入れて、湯わかしポットから湯をそそいでいる。

「男のお茶だな」

お父さんがうれしそうに耳打ちした。お父さんは、やり方が豪快《ごうかい》だと何でも「男の」とつけたがる。

「あいつは多趣味《たしゅみ》でな、裁縫《さいほう》に園芸に本の読み聞かせ、水泳に料理に旅行に記《き》念切手《ねんきって》集め。とにかく何にでも興味《きょうみ》を持って、やってみないと気がすまなかった。わしは今になって作物を育てたりなんぞしているが、それまでは何にもしていなかった。いろんなことをしているあいつを見るのが、唯一《ゆいいつ》の趣味《しゅみ》だった。そんなあいつと事故《じこ》で死《し》にわかれて、ものだけがこんなに残《のこ》ってしまった」

いきおいよく開けた押《お》し入れの中には、たくさんの布《ぬの》や絵本、ビート板やスコップ、切手をおさめたアルバムがつめこまれていた。

「ここへひっこすさいに処分《しょぶん》しようかとも思ったんだが、どうもできなくてね。けっきょく何もかも持ってきてしまった。趣味《しゅみ》で使っていたものだけでなく、あいつの服も寝《ね》まきも、数えるほども持たせてやれなかった指輪《ゆびわ》や耳かざりなんかもな。圭太《けいた》が女の子だったら、もらってやってほしいところだよ」

平井《ひらい》さんが取り出したスパンコールがぎっしりついた小箱には、白い真珠《しんじゅ》のイヤリングが光っていた。

しばらく、みんなだまっていた。

いつの間にかつけられていた扇風機《せんぷうき》が、今にもこわれそうな高い音を立ててまわっている。部屋は薄暗《うすぐら》く、押《お》し入れの中身がおそろしく不気味《ぶきみ》に見えた。

「これ、読ませてもらってもいいですか?」

沈黙《ちんもく》をやぶったのは、お父さんだった。お母さんの大好《だいす》きなパスタの料理本だ。表紙でフライパンを片手《かたて》に外国人がポーズをとっていた。

「どうぞ、どうぞ。もしよかったら、持って帰ってください」

それからは、服がかわくまでずっと料理《りょうり》の本を見ていた。

日ごろはかんたんな料理しかしないという平井《ひらい》さん。

「ぜんぶまとめていためるだけだな。それを白めしの上におけば、洗《あら》い物《もの》もひとつですむ」

見ると、台所の食器乾燥機《しょっきかんそうき》にはどんぶりとおはしだけが入っている。知っていたけれど、まさかそれが毎日だとは思っていなかった。

「味つけはどうしてるんです？」

と、お父さん。

「しおとコショウがあれば十分だ」

圭太《けいた》のお母さんは、料理をするときあらゆる調味料《ちょうみりょう》やソースを使う。ベランダで大切に育てたハーブも使ったりするので、しおとコショウだけなんて、圭《けい》太《た》にはしんじられなかった。

「そうだ、父さん。今度平井《ひらい》さんにカレーを作ってあげようよ。ぼくも手つだうから」

「そりゃいい考えさぁ。平井《ひらい》さん、かたづけまでちゃんとしますから、作らせてください」

「父さんのカレー、けっこういけるんだよ」

ふたりの提案《ていあん》に、平井《ひらい》さんはぎこちなくうなずいた。

こうして三人は、三日後、お母さんが夜勤《やきん》の日に「男の食事会」のやくそくをした。


圭太《けいた》とお父さんが帰ったあと、平井《ひらい》さんは開けたままの押《お》し入れをぼんやりとながめていた。中にあるひとつひとつのものから、幸子《さちこ》さんの笑《わら》い声が聞こえてきそうだった。

「いつ帰ってきても、前と同じように暮《く》らせるぞ」

ちゃぶ台の上の幸子《さちこ》さんは、ただおだやかな笑顔《えがお》を見せるだけだった。

5　真珠《しんじゅ》のイヤリング

★平井《ひらい》さん

「男の食事会」の前日、平井《ひらい》さんは朝早く目がさめた。夏なので、もう日は高く上って家中がムシムシしている。

テレビとこわれかけの扇風機《せんぷうき》をつけ、ここ二日開けっぱなしにしていた押《お》し入れを閉《し》めた。

ふと、窓《まど》に目がとまった。フローリングを見てみると、三年もカーテンをつけていないので窓《まど》のそばのゆかが日に焼《や》けていた。

白くなったその部分に腰《こし》を下ろし、平井《ひらい》さんは川原をながめた。夏の朝の星《ほし》ノ川《のがわ》は、その名のとおり星がひしめいているかのようにかがやいていた。

昼からは、外に出た。あしたはわかいお客さんがふたりも遊びに来るのだから、ジュースくらい買っておこうと、先月できたばかりの大型《おおがた》ショッピングセンターへ足をのばすことにした。平井《ひらい》さんのお目当てのスーパーも、その中に入っている。星山町《ほしやまちょう》の一番北に位置《いち》し、うちから歩いて三十分なので、ダイエットにはぴったりの距離《きょり》だ。

最近《さいきん》はいろんなジュースがあるからな。圭太《けいた》と達樹《たつき》は何が好きだろうと、平《ひら》井《い》さんは考えた。「達樹《たつき》」というのは、圭太《けいた》のお父さんの名前だ。

真夏の昼すぎ。夏休みの時期とはいえ、こう暑いと子どもたちも遊んでいない。通りかかった公園では、暑さにしおれかかったアサガオと、はつらつと太陽を見つめるヒマワリが、たまにふく風にゆれていた。

ショッピングセンターの飲み物売り場には、たくさんの種類《しゅるい》のジュースがおいてあった。迷《まよ》っていると、ジュース売り場のとなりのお酒コーナーに目がとまった。

平井《ひらい》さんはお酒が大好《だいす》きだった。ワインにビール、焼酎《しょうちゅう》にウイスキー、日本酒にカクテル、あまり飲めないのにお酒なら何でも好《す》きで、以前《いぜん》はめずらしいお酒を見つけては幸子《さちこ》さんとためしてみたものだった。

最後《さいご》にお酒を飲んだのは、いつだっただろう。そうだ、圭太《けいた》が川原でキャンプを始めた日だ。それから、平井《ひらい》さんは飲みたいとは思わなくなっていた。その代わり、圭太《けいた》が好《す》きなビスケットをたくさん食べるようになったのだけれど。

平井《ひらい》さんは適当《てきとう》にジュースを二本えらび、会計をすませた。そして、帰ろうとサービスカウンターを通りすぎようとしたとき、大きな掲示板《けいじばん》が目に入った。

本、ゆずってください。

一まいのポスターに、大きくこんな見出しが書かれていた。くわしく見ようと、平井《ひらい》さんは近よった。

星山総合病院《ほしやまそうごうびょういん》の図書館に、童話や絵本、小説《しょうせつ》をゆずってくれる方を募集《ぼしゅう》しています。ねむっている本がございましたら入院中の子どもたちのために、ご協力《きょうりょく》よろしくおねがいいたします。

「ねむっている本、か」

家に帰った平井《ひらい》さんは、すぐに押《お》し入れを開けた。そして、急いでダンボールに絵本と童話をつめた。それから、すっかり重くなったダンボールを台車につみ、病院までの川ぞいの土手をおしていった。セミの声も風の音もおしのけ、でこぼこのコンクリートを進む台車の音だけがあたりにひびきわたる。

受付《うけつけ》で図書館の場所を確認《かくにん》すると、十五階、最上階《さいじょうかい》に図書館はあった。エレベーターは看護師《かんごし》さんや見舞《みま》い客で満員《まんいん》だったが、階が上がるごとにひとり、またひとりとへっていき、最上階《さいじょうかい》についたときには平井《ひらい》さんひとりになっていた。

ファンシーな動物のイラストにかこまれた「としょかん」の文字が目に飛《と》びこんでくる。

「ここか」

平井《ひらい》さんは台車の持ち手をぐっとにぎりしめた。

中に入ると、すぐに受付《うけつけ》の女性《じょせい》と目が合った。胸《むね》が大きく波打った。

「幸子《さちこ》、幸子《さちこ》じゃないか」

平井《ひらい》さんは台車をそのままに、カウンターに走りよっていた。

「幸子《さちこ》、幸子《さちこ》、ここにいたのか」

平井《ひらい》さんの目の前にいたのは、おくさんの幸子《さちこ》さんだった。少したれ気味の大きな目、心ばかり低《ひく》めの鼻すじ、口角がきゅっと上がったくちびる、黒くて長い髪《かみ》。どこをとっても幸子《さちこ》さんだった。

平井《ひらい》さんはめがねをはずして目をこすってみた。

きわめつけに、女性《じょせい》の耳には白い真珠《しんじゅ》のイヤリングが光っていた。これは、平井さんがはたらき始めてすぐ、初《はじ》めてのお給料《きゅうりょう》で買ったものだった。

「おじいさん、この人は『幸子《さちこ》さん』じゃなくて、『千紗子《ちさこ》さん』だよ」

いつの間にかとなりに小さな女の子がいた。女の子が指さした先には、ネームプレートが女性《じょせい》の首からかかっている。

やの　ちさこ

子どもでもわかるようにするためか、ひらがなで大きく書かれている。

「そんなはずはない。幸子《さちこ》だろう」

平井《ひらい》さんの額《ひたい》から、いっきに汗《あせ》がふき出した。女性《じょせい》はこまったような顔をしている。

「わたしは矢野千紗子《やのちさこ》と申します。幸子《さちこ》さんて方をさがされているんですか」

平井《ひらい》さんは、力なく首をふった。そして、がっかりした。こんなに外見がそっくりなのに、声はちがったのだ。

平井《ひらい》さんのなみだが、カウンターに真っすぐ落ちた。

★明里《あかり》

明里《あかり》はびっくりした。しずかな午後、いきなり大きなおじいさんが図書館に

やってきたかと思ったら、カウンターの千紗子《ちさこ》さんにかみつくように飛《と》んでいったのだ。

その日、明里《あかり》は図書館で『赤毛のアン』のマンガを読んでいた。空には雲ひとつないまぶしい日だったが、もちろん病院からは出られないし、窓《まど》から川原を見ていても、いっこうに圭太《けいた》くんのテントは見当たらないからだ。

平日はたいてい、千紗子《ちさこ》さんとふたりだけ。

こんなとき、自分だけの図書館みたいだな、と明里《あかり》は思う。大きな窓《まど》から入ってくる太陽がシャンデリアで、たなにきちんとおさまった本たちがお手つだいさん。こんなふうに想像《そうぞう》すると、ちょっとお嬢《じょう》さまになったような気分になる。借《か》りることなんてないけれど、部屋の奥《おく》のむずかしそうな本をペラペラめくってみたり、新聞を開いてみたりすると、特別《とくべつ》な空間に早変わりだ。

千紗子《ちさこ》さんも、ふだんはきびきびはたらいているけれど、明里《あかり》だけのときは、のんびりそうじをしたり、ぼんやり星ノ川《ほしのがわ》をながめていたりする。

そんなおごやかなひとときに、こわい顔をしたおじいさんが大きなダンボールをつんだ台車をゴロゴロいわせて入ってきたのだ。

「幸子《さちこ》」

おじいさんの大声に、ふたりは体をふるわせた。

明里《あかり》はおそるおそるふたりのいるカウンターに近づいた。そして気づいた。

あの、いつもテントの見はりをしているおじいさんだった。スキンヘッドに黒いめがね、そしてとても背《せ》が高い。看護師《かんごし》の歩美《あゆみ》さんの大好《だいす》きだった先生のだんなさんだ。

カウンターに何かが落ちた。しんとした館内に、その小さな音は、さっきの大声より大きくひびいたような気がした。

見上げると、おじいさんは泣《な》いていた。

声を上げるわけでもなく、鼻をすることもなく、ただなみだを流していた。

「どうもすみません。あまりにも、死《し》んだ家内に似《に》ていたもんで」

しばらくして、おじいさんはみけんをおさえてつぶやくようにいった。

「そうなんですか」

千紗子《ちさこ》さんは、そっとハンカチをさし出した。

「きょうは、本を持ってきたんです。ショッピングセンターのポスターを見ましてね」

わたわたとダンボールをカウンターにおく。

「こんなにたくさん、ありがとうございます。みんなよろこぶわ」

耳の真珠《しんじゅ》のイヤリングがゆれるのを、おじいさんはじっと見つめていた。千《ち》紗子《さこ》さんがダンボールから一冊《さつ》一冊《さつ》取り出して本について話しても、おじいさんの耳には入っていないようだった。

手つづきが終わり、帰ろうとするおじいさんを、千紗子《ちさこ》さんはよび止めた。

「よかったら、また遊びに来てくださいね」

おじいさんは、小さく会釈《えしゃく》し、ぎこちない動きをしながら図書館を出ていった。窓《まど》から外をのぞくと、すぐにおじいさんのすがたが見え、土手の上を軽い足取りで帰っていく。

「さっきのおじいさん、実は知ってるの」

「明里《あかり》ちゃんのお知り合いだったの？」

千紗子《ちさこ》さんは、おじいさんが持ってきてくれた絵本にラベルをはり始めた。

「ううん。川原で見たことがあるだけ。看護師《かんごし》の歩美《あゆみ》さん、知ってるでしょ？

歩美《あゆみ》さんの先生のだんなさんみたい。名前は平井《ひらい》さんっていうんだよ」

「そうなんだ。実はわたしも……見たことがあるの」

ふっと何かを思い出したかのように、千紗子《ちさこ》さんはほほえむ。

「見たことがあるって、どこで？」

「それは秘密《ひみつ》」

いくらたのんでも千紗子《ちさこ》さんは教えてくれない。明里《あかり》はくちびるをつき出しムスッとした。

「いつか教えてあげるから、そんな顔しないで」

見かねた千紗子《ちさこ》さんは、そういって頭をなでてくれた。

そして、川原ぞいからはずれて見えなくなるまでずっと平井《ひらい》さんを見送っていた。

★ **圭太《けいた》**

きょうは、「男の食事会」の日。

平井《ひらい》さんが、何だか変《へん》だ。いつもあまり感情《かんじょう》を表に出さないのに、きょうは見るからにうれしそうだ。それに、いつもなら腕組《うでぐ》みをすることがあっても、こきざみに体をゆすっているなんて、まったくない。

「何かあったの？」

「まぁすわってくれ。話はそれからだ」

平井《ひらい》さんは豪快《ごうかい》にジュースをついだ。

「何かうれしいことでもあったの？」

「幸子《さちこ》がいたんだ」

「幸子《さちこ》さんって、亡《な》くなったおくさんの幸子《さちこ》さん？」

きのう病院の図書館に行ったところ、幸子《さちこ》さんと出会ったとのこと。

「幸子《さちこ》さんとそっくりってだけでしょ」

圭太《けいた》はちゃぶ台の上の幸子《さちこ》さんの写真を手に取った。

「それはそうなんだが」

「そんなに似《に》ていたんですか？」

しゅんとしてしまった平井《ひらい》さんに、お父さんがいった。

「声だけがちがった。あと、死《し》ぬ前の幸子《さちこ》じゃなくて、わかいころの幸子《さちこ》そっくりだった」

部屋にすわっている三人の影《かげ》が、夕日にてらされて長く長くのびていた。圭《けい》太《た》とお父さんはどうなぐさめていいかわからず、炭のような色をした影《かげ》をじっと見ているしかなかった。

「あの人はそっくりってだけで、幸子《さちこ》じゃない。それはわかっているんだが、幸子《さちこ》はほんとは生きていたんじゃないかと、思わずにいられなかったんだよ」

三人の影《かげ》は、薄暗《うすぐら》い夜の空気にとけて、りんかくをなくしていく。

「じゃあ、きのうはとってもいい日になりましたね」

お父さんの言葉に、平井《ひらい》さんはハッとしたような顔をして背《せ》すじをのばした。

「あぁ、ほんとに」

けれど、まだ表情《ひょうじょう》はかたかった。

「平井《ひらい》さん、笑《わら》って」

思わず出た圭太《けいた》の言葉に、ぎこちなさは残《のこ》るものの、平井《ひらい》さんはやっと笑顔《えがお》をうかべた。なぜだかなみだが出そうになった。それを見て、平井《ひらい》さんはまた同じ顔で大きくうなずいてくれた。

「オレも今度会ってみたいなぁ。仕事がら、いろんな国をまわってるけど、そっくりさんとか見たことないですよ」

「会わせるのはいいが、ほれるなよ」

「いやいや、オレもおくさんひとすじさぁ」

圭太《けいた》は短いため息をひとつつくと、パッと立ち上がった。

「さぁ、ごはんの用意をしよう」

ふたりのおとなはすぐに台所にかけていった。

6　友だちになって

★ 圭太《けいた》

晩《ばん》ごはんのカレーは、今まで食べた「男の料理《りょうり》」の中でも格別《かくべつ》だった。平井《ひらい》さんの夏野菜《やさい》がたっぷり入っているのだ。実は、圭太《けいた》もお父さんも野菜《やさい》は苦手だったが、カレーのように煮《に》こむ料理《りょうり》にすると、気にならなくなる。

お父さんと平井《ひらい》さんがジャガイモとニンジンの皮をむき、圭太《けいた》はトマトとナスを切った。それから、野菜《やさい》と牛肉をようくいためて、お水を入れて煮《に》こみ、最後《さいご》に調味料《ちょうみりょう》とカレー粉《こ》で味をととのえれば、できあがりだ。

この夏休み、お父さんが帰ってきてから何度も作っていたので、圭太《けいた》はすっかりレシピをおぼえていた。

「なかなかうまいな」

と、平井《ひらい》さん。三人のお皿には、山もりのごはんとカレー。そのほかに料理《りょうり》

はないので、ちゃぶ台の上にジュースのペットボトルをおいてにぎやかにしてみた。

「ぼくのいったとおりでしょ。けっこういけるって」

「味つけには何を入れたんだ」

「いろいろ入れましたよ。しお、コショウ、ケチャップ、あと少しだけヨーグルト」

お父さんはとくいげにこたえた。

「冷蔵庫《れいぞうこ》のケチャップを使ったのか？」

「だめだったの？」

平井《ひらい》さんがいうには、賞味期限《しょうみきげん》がとうにすぎていたとのこと。おそるおそる聞いてみると、半年はたっているらしい。

「だいじょうぶ、だいじょうぶ。ずっと冷蔵庫《れいぞうこ》に入れっぱなしだったんでしょ？」

お父さんは気にしていないようだ。

「味は、問題ないよ。あとでおなかが痛《いた》くならなかったらいいんだけど」

圭太《けいた》は口の中のカレーをごくんと音をたてて飲みこんだ。

「そりゃこまったな。うちに便所《べんじょ》はひとつしかない」

三人は、同時に笑《わら》った。

晩《ばん》ごはんのあとは、テントと天体望遠鏡を持って川原へ。

三人でテントに入ると、満員《まんいん》電車のようで、入り口を大きく開けて足を投げ出さないといけなかった。

ツメきりで切ったあとに残《のこ》るツメのような月が、ゆっくりとのぼっていく。

星も、夜を待ちかまえていたかのように、光りだした。

「きょうのお月さまは細いから、うまく見えるかなぁ」

「細くても太くても、月は月さぁ」

お父さんはそういいながら、望遠鏡のピントを合わせている。

「細くても、ちゃんと見えてるぞ」

三人はかわるがわるレンズをのぞいた。

「まさか、三人でキャンプすることになるなんて思わなかったよ」

圭太《けいた》は、夜食に持ってきたビスケットのふくろを開けた。

「わしも、家から一分の場所でするなんぞ思いもしなかった」

平井《ひらい》さんはさし出されたふくろから、一まいつまんだ。

「オレも、キャンプは好《す》きだから世界中でしてきたけど、星ノ川《ほしのがわ》でするなんて初《はじ》めてさ」

お父さんも、一まい取った。そして、古くなったケチャップでおなかが痛《いた》くならなかったことに、三人はビスケットを合わせてカンパイした。

圭太《けいた》は両手を広げて川原に寝《ね》そべった。ふたりもその両わきに寝転《ねころ》がった。

そして、みんなで北極星《ほっきょくせい》をさがした。北斗七星《ほくとしちせい》とカシオペヤ座《ざ》を見つけたら、北極星《ほっきょくせい》はその真ん中あたりだ。

「むかしの人って、すごいよね。北極星《ほっきょくせい》って、目立つ星じゃないのに、動かないって気づいたんだから」

「そうだなぁ」

地球の南半分、つまり南半球では北極星《ほっきょくせい》は見えないから、その代わり南十字星という星座《せいざ》がたよりにされてきたと、お父さんは教えてくれた。

「お父さん、その南十字星、見たことあるの？」

「あるよ。サザンクロスともよばれてるんだ。北極星《ほっきょくせい》とはちがって明るい星の集まりで、春から夏にかけてだったら、沖縄《おきなわ》からでも見えることがあるんだよ。初《はじ》めて見たときは、感動したさぁ」

お父さんのふるさとは沖縄《おきなわ》なので、圭太《けいた》の家族は毎年年末《ねんまつ》に遊びに行くことにしている。

「そうなら去年行ったときに教えてくれればよかったのに」

「今度ゆっくりさがせばいいさ。明るい星座《せいざ》だけど、ほんとに小さいからほかの星座《せいざ》とよくまちがえるんだ」

親子の会話を聞きながら、平井《ひらい》さんはゆっくりと小さくなる蚊取《かと》り線香《せんこう》をながめていた。

★明里《あかり》

ぼうしをひろってから数日後の夕方、ようやく明里《あかり》は川原にテントを見つけた。いつもの黄色いテントだ。きょうはお父さんもいっしょのようだ。

さて、計画のスタートだ。

まず、ライトをつけて、窓《まど》から手を出して大きくふりまわし、それから大きな手鏡《てかがみ》に光をあて、三人のいるあたりに光を反射《はんしゃ》させる。

それをくり返すこと十回。やっと圭太《けいた》くんは光に気づいてくれた。こちらを指さして、ふたりといっしょに歩いてくる。

ここからが、正念場《しょうねんば》。手紙をはりつけたぼうしを持ち、力いっぱい窓《まど》から投げた。ぼうしには、長い長い毛糸をむすびつけているので、もし気づいてくれなくても、取り返すことができるようになっている。

そして、窓《まど》から落としたぼうしに向かって、ライトの光をあてる。見つけてくれるだろうか。

何だかつりをしているみたいだなぁと、明里《あかり》は思った。「友だちをつる」だなんて、言葉はおかしいけれど。

近づいてきた圭太《けいた》くんは、やはりぼうしをかぶっていなかった。そして、てらしている光のあたりをさがしている。

「父さん、平井《ひらい》さん、あったよ。ぼうしがあった」

すぐに、うれしそうな声が聞こえてきた。そして、圭太《けいた》くんの目が、ぼうしにくくりつけてある毛糸をつたい、明里《あかり》にたどりついた。うれしいのと、はずかしいのが急におしよせてきて、顔が熱《あつ》くなる。

「あっ、病院で会った子だ」

ぼうしにはりつけておいた手紙と、三階の窓《まど》からのぞきこんでいる明里《あかり》の顔を交互《こうご》に見ている。お父さんは、こっちに向かって大きく手をふってくれた。

「何て書いてあるんだ」

おじいさんはそういって目を細めた。

「友だちになって、だって」

毛糸の先をにぎりしめたまま、明里《あかり》はじっと待っていた。圭太《けいた》くんはどんな返事をくれるだろう。ぼうしを返すことばかり考えていて、いざ返せたとき、つぎにどうすればいいかぜんぜん考えていなかった。

三人は何やら話しているが、遠くてはっきりと聞こえない。

だんだんと不安《ふあん》になってきた。このまま圭太《けいた》くんが帰ってしまったら、もう二度と会えないかもしれない。また、前のように窓《まど》からながめているだけになってしまうのだ。

三人が明里《あかり》を見上げた。そして、そろって両手で大きなまるを作って見せた。ばんざいした手と手の先をつなげた大きなまるが三つ。

やっと、やっと、ずっとつながっていられそうな友だちができたかもしれない。うれしくて、うれしくて、もう少しで泣《な》いてしまうところだった。

しばらくして、三人はテントに帰っていった。手をふると、圭太《けいた》くんもふり返してくれた。

引き上げた毛糸の先にには、ぼうしにはりつけておいたおりがみのお手紙がくくりつけてあった。ライトでてらしてみると、そこには明里《あかり》が「友だちになって」と書いた裏《うら》に「また来る」と書いてあった。どうやら、石か何かでおりがみの色がついている部分に傷《きず》をつけて書いたようだ。

「また来る、だって」

何度も圭太《けいた》からのメッセージを読んでは、明里《あかり》はベッドの上で泳ぐように足をばたつかせた。

窓《まど》の外は、満天《まんてん》の星空。晴れの日はいつも見ているはずなのに、きょうはもっとかがやいて見える。

「なんだ。流れ星なんて見つけられなくても、ひとつ夢《ゆめ》がかなっちゃった。お星さまの力を借《か》りなくても、わたしだってやればできるんだわ」

おりがみをていねいにふたつに折《お》りたたみ、明里《あかり》は引き出しに大事にしまった。こんなに楽しくて胸《むね》がドキドキする夜は初《はじ》めてだった。

7　かっちゃんのさそい

圭太《けいた》

「あら、ぼうし見つかったの？」

夜勤《やきん》から帰ってきたお母さんが、あくびをかくそうとする手を止めた。

「うん、友だちがひろってくれてたんだ」

「よく圭太《けいた》のだってわかったわね」

お父さんは朝ごはんを作っている。台所に立っているので背中《せなか》しか見えなかったが、圭太《けいた》にはお父さんが笑《わら》っているのがわかった。

「ぼくもびっくりだったよ」

「何にしろ、見つかってほんとによかったわね」

バターのいいにおいが、リビングにただよってきた。お父さんが、こんがり焼《や》けた三角のフレンチトーストを持ってやってきた。圭太《けいた》はつばをごくりと飲みこんだ。

「あら、おいしそうね。でも、達樹《たつき》くんがあまいものを作るなんてめずらしいわね」

お母さんは、取り皿にひとつフレンチトーストを取り、圭太《けいた》の前においた。どんなに自分がおなかを空かせていても、お母さんはいつだって圭太《けいた》のぶんを先に取ってくれる。

「この本を読んでたら、ゆり子さん好《す》きそうだなって思って」

テーブルには、平井《ひらい》さんから借《か》りてきた「かんたんなおかし作り」の本がおいてあった。

お母さんも、自分のお皿にフレンチトーストを取り、そしてゆっくり口に運ぶ。お父さんは、じっとその様子をうかがう。

「おいしい。いいあまさね。はちみつかしら。その本、どうしたの？」

「オレたちの友だちから借《か》りたんだ」

お母さんは小さく首をかしげていたが、クスリと笑《わら》って何も聞かなかった。

「また太っちゃうわ」

そういいながらも、お母さんはうれしそうにいくつも食べていた。お父さんはその様子をコーヒーを飲みながらにこにこ見ている。

クーラーのきいたリビングは、冬のように寒くもなく、夏のように暑くもなく、かといって春や秋のように気温が急に変化《へんか》するわけでもなく、不思議《ふしぎ》な空間だ。耳をすますと、セミの鳴き声が聞こえているのに、部屋の中はとてもしずかで、お母さんもお父さんもおだやかな顔をしている。ふと、この瞬間《しゅんかん》はおとなになってもわすれないだろうな、と思った。

このやわらかな空間でくつろぐふたりを見るのが、圭太《けいた》は好《す》きだった。お父さんは一年中毎日いっしょにいるわけではないので、お母さんはさびしいそぶりなんて見せないが、お父さんがいないとやっぱりどこか元気がないのだ。子どもの圭太《けいた》でも、それぐらいはわかっていた。

「オレのとこなんか、父ちゃんも母ちゃんも毎日ケンカするんだぜ」

と、友だちのかっちゃんはいっていたが、圭太《けいた》は両親がケンカしているところを今まで知らない。

その「かっちゃん」が、昼から遊びにやってきた。

「あら、勝也《かつや》くん、いらっしゃい」

ひとねむりしたお母さんが、クッキーとお茶を持って部屋にやってきた。

「おばさん、おじゃましてます」

「お勉強なんて、えらいわね」

かっちゃんは、ぼうず頭をかいて笑《わら》っている。

かっちゃんは、勉強するために来たのではなかった。圭太《けいた》に夏休みの宿題を見せてもらうために来たのだ。

「ほんとは読書感想文も見せてほしいところだけど、まったく同じだと先生におこられるもんなぁ」

圭太《けいた》は苦笑《にがわら》いした。かっちゃんのことは好《す》きだけれど、こんなときだけはあきれてしまう。

「なぁ、圭太《けいた》。おまえもバスケやろうぜ」

138億年の宇宙

さっきからかっちゃんは、何度も同じことをいっている。ひとつ問題を写し終えるごとに、こうしてさそってくるのだ。

「ぼくがバスケは苦手だって、知ってるだろ？」

かっちゃんは五年生になってから、バスケットボールを始めた。先生が放課《ほうか》後《ご》教えてくれる、小さなクラブに入っているのだ。

「上手《じょうず》になるかならないかわかるまで、とりあえずやってみればいいじゃないか。始めたら、きっと圭太《けいた》もハマるって」

「そうかもしれないけど、ぼくは野球の方が好《す》きだし」

実は、圭太《けいた》は野球がやりたいと思っていた。けれど、野球のチームに入るには、試合《しあい》に出るさいにあちこちつれていってもらったり、おべんとうを作ってもらったりと、お母さんにお世話してもらわなくてはならない。圭太《けいた》はそれを知っていたので、毎日フルではたらいているお母さんにやりたいとは一度もいえていなかった。

「そうだったな」

しずんでしまった圭太《けいた》の顔を見て、事情《じじょう》を知っているかっちゃんは、それ以上《いじょう》何もいわなかった。

「それにしても、どうしてかっちゃんはバスケ始めたの？」

かっちゃんは、やっと計算ドリルの二ページ目を写し終えた。

「知りたい？」

「うん」

「これを知ったら、きっと圭太《けいた》もバスケやりたくなるぞ」

「そんなにすごい理由なの？」

「あぁ。オレの兄ちゃんがいってたんだ。バスケをすれば、女子にもてるって」

かっちゃんのお兄さんのことを圭太《けいた》は思い出した。家におじゃましたときに、中学の制服《せいふく》すがたを見かけたのだ。かっちゃんとそっくりの顔で、ぼうず頭もいっしょ。ちがうのは、かっちゃんには笑《わら》うと八重歯《やえば》が見えるってところだけだった。

「それだけ？」

「あぁ、これだけ理由があれば、やりたくなるだろ?」

いかにもかっちゃんらしいこたえに、圭太《けいた》は計算ドリルをしずかに閉じた。

★平井《ひらい》さん

平井《ひらい》さんは、そわそわしていた。押《お》し入れを整理していると、またたくさんの本が出てきたので、病院の図書館に持っていこうか迷《まよ》っているのだ。

「二回も持っていくなんて、変《へん》だろうか」

と、ひとりごとをいいながらも、本をダンボールにつめた。千紗子《ちさこ》さんの手間がかからないように、一冊《さつ》一冊《さつ》ほこりをぬぐい、ていねいに入れていく。

ちょうどそのとき、玄関《げんかん》でチャイムが鳴った。出てみると、圭太《けいた》とお父さんの達樹《たつき》だった。

「平井《ひらい》さん、本を返しに来たよ」

それは、子ども向けの料理《りょうり》本だった。あした持ってきてくれれば、あしたも図書館に行けたのに。でも、口には出さなかった。

「平井《ひらい》さん、何してるの？」

「本を整理していただけさ。入院している子どもたちのために、図書館に寄付《きふ》しようと思ってな」

圭太《けいた》とお父さんは、笑《わら》うのを必死《ひっし》でこらえた。千紗子《ちさこ》さんに会うためだと、ふたりにはわかったからだ。

三人は、いっしょに病院へ行くことにした。お父さんは平井《ひらい》さんを手つだって、ダンボールを台車につんだ。

「もしかして『あかり』ちゃんにも会えるかもしれないさ」

お父さんはそういって、圭太《けいた》のぼうしをかぶせなおした。

「でも、入院している人は多いから、見つけられないかもしれない」

「きっと会えるさ」

ちょっとより道して、圭太《けいた》のお母さんが好《す》きなシュークリームをおみやげに買った。

もうすぐ千紗子《ちさこ》さんに会えると思うと、平井《ひらい》さんは自然《しぜん》と早歩きになってい
た。そのあとを、だまって小走りでついていく圭太《けいた》とお父さん。

病院に着いて、先にお母さんにシュークリームをとどけるというふたりとわかれると、平井《ひらい》さんはまっしぐらにエレベーターに向かった。

台車の音が鳴らないように、そっと図書館に入る。千紗子《ちさこ》さんはカウンターにすわって、パソコンのキーボードをたたいていた。

きょうも長い黒髪《くろかみ》を後ろでひとつにたばね、耳には白い真珠《しんじゅ》が光っている。

あごのラインも鼻の形も、やはり幸子《さちこ》さんとそっくりに見えた。

「きょうも暑いですね。あら、また本を持ってきてくださったんですか」

千紗子《ちさこ》さんはすぐに平井《ひらい》さんに気づき、席《せき》を立った。

千紗子《ちさこ》さんが本にラベルをはっている間、じっと見つめているわけにもいかないので、平井《ひらい》さんは窓《まど》の外を見ていた。

「何を見ているんですか」

いつの間にか作業は終わったようだ。

「あっ」

平井《ひらい》さんがこたえにこまっていると、千紗子《ちさこ》さんが声を上げ、窓《まど》を開けた。

外のしめった風が入りこんで、顔にまとわりつく。

川原の土手で、ひとりの青年がこちらに向かって手をふっていた。めがねをかけた、体の大きな青年だった。

「わたしの恋人《こいびと》なんです」

平井《ひらい》さんは、何だか失恋《しつれん》したような気分になった。けれど、どこか違和感《いわかん》があった。がっかりする瞬間《しゅんかん》であるはずなのに、なぜか落ち着いている。

「もしかすると、その真珠《しんじゅ》のイヤリングは、あの方からもらったものですか?」

おそるおそる、聞いてみた。

「はい、彼《かれ》ははたらき始めたばかりなんですが、初《はじ》めてのお給料《きゅうりょう》でプレゼントしてくれたんです」

千紗子《ちさこ》さんはそっと自分の耳にふれ、その手で窓《まど》の外の恋人《こいびと》に手をふった。

「何をされてるんですか」

「となり町の鉄鋼《てっこう》会社ではたらいてるんです。二十四時間機械《きかい》を動かさなきゃならないらしくて、夜勤《やきん》も多いんです。きょうは夜勤《やきん》なので、この時間から出社するんですよ」

きっと自分がはたらいていた工場だ、と平井《ひらい》さんは思った。そして、あの青年は自分だ、とも。わかいころの自分たちのようなカップルが、きちんとこの瞬間《しゅんかん》を生きているのだ。

外見まで似《に》た、かつての自分のような青年は、もう川原の遠くの方で小さくなっていた。

もう千紗子《ちさこ》さんの中に幸子《さちこ》をさがすのはやめよう。平井《ひらい》さんはこの世でたったひとりのおくさんの笑顔《えがお》をまぶたの裏《うら》に映《うつ》し出し、心の中で強く誓《ちか》った。

「平井《ひらい》さん、来たよ。ちょっとおそくなっちゃった」

圭太《けいた》の声に、平井《ひらい》さんはハッとわれに返った。

「来たか。こちらが千紗子《ちさこ》さんだ」

A 6 B

圭太《けいた》とお父さんは、じっと千紗子《ちさこ》さんの顔を見た。

「たしかに、似《に》ているねぇ」

お父さんは小さな声でいったが、聞こえたはずだ。でも、千紗子《ちさこ》さんは聞いていないふりをしてくれた。

「たくさん本をいただいて、ほんとにいいんですか」

「ええ、読みたくなったら、またここに来ます」

平井《ひらい》さんは一度もふり返らずに図書館を出ていった。あわててふたりもついていく。

きょうはいつもより風のある日で、海からの風が三人の背中《せなか》を心地よくおす。

「きれいな人だったね」

圭太《けいた》の言葉に、平井《ひらい》さんは大きくひとつうなずくだけだった。帰り道もふたりは小走りで平井《ひらい》さんのあとにつづいた。

8　かわいそうだなぁ

★明里《あかり》

「明里《あかり》ちゃん、よかったわね」

圭太《けいた》くんと友だちになった夜から何日かたったある日、歩美《あゆみ》さんがいった。

前の検査《けんさ》の結果《けっか》、「外出許可《きょか》」が出たのだ。

つまり、病院の外に出てもいいということだ。これは明里《あかり》にとっては最高《さいこう》にうれしいニュースだった。

「ほんと？　ほんとに先生がいいっていったの？」

「熱《ねつ》がなかったら、外に行ってもいいって。でも、あんまり体を動かしすぎちゃだめよ」

「わかってまーす」

それから、できあがったばかりの白いマフラーを歩美《あゆみ》さんに見せた。

「上手《じょうず》にできてるじゃない。マフラーって、意外とむずかしいのよね。はしがギザギザになって真っすぐあめないことが多いのに、ちゃんとできてる。明里《あかり》ちゃん、あみものの才能《さいのう》あるんじゃない？」

さっそくうさぎのピョンちゃんにマフラーをまいてみた。思ったとおり、ピンクのピョンちゃんに白いマフラーはよく似合《にあ》った。

「いいじゃない。ピョンちゃん、何だかうれしそうだわ」

「そう思う？」

「思う、思う」

長めにあんでいたので、歩美《あゆみ》さんはマフラーのいろいろなまき方も教えてくれた。リボンみたいにしたり、首にクルクルまきつけたりと、まき方ひとつでぜんぜん雰囲気《ふんいき》がちがう。

「今度はあみぐるみにチャレンジしてみる？」

歩美《あゆみ》さんはネームプレートにつけてあるあみぐるみを指さした。けれど、つぎにあむものはもう決めていた。

つぎも、マフラーだ。それも、三本。もちろん、新しい友だちの圭太《けいた》くんと、お父さんと平井《ひらい》さんのぶんだ。もし圭太《けいた》くんたちが冬になってもキャンプをするなら、きっと寒いだろうから。

それにはまず、だれにどんな色のマフラーをあむか決めなくては。落書き帳にたくさん長方形をかき、色えんぴつでぬってデザインを考えた。今回はラインを入れたりして、ちょっとオシャレなマフラーにするつもりだ。

プレゼントしたら、三人はよろこんでくれるかな。きっとまず、びっくりするわね。それに、すごいっていってもらえるかも。今からあめば、ちょうど寒くなったころに三本できあがるはず。

圭太《けいた》くんとは、あれから何度か夜に話した。話したといっても、毛糸にむすびつけた手紙の交換《こうかん》だ。もう返事は石なんて使わずに、ちゃんとペンで返してくれるので、前よりはかんたんにやりとりができている。

毛糸をほどき、手紙を開く瞬間《しゅんかん》が、一番好《す》きだ。そして、すぐに返事を書いて、また毛糸にむすびつける。圭太《けいた》くんが待ってくれているので、あまり時間はかけられない。

聞きたいことはたくさんあるのだが、いざ手紙を書こうとすると、何を質問《しつもん》していいかわからなかった。「おかしは何が好《す》き？」や「夏休みの宿題は多い？」なんかの質問《しつもん》はできるけれど、「どうして川原でキャンプしているの？」や「どうやって平井《ひらい》さんと知り合ったの？」なんてことは、手紙じゃなくて、ちゃんと会って話さなきゃ、と明里《あかり》は思っている。

「そうそう、きのうから明里《あかり》ちゃんと同じくらいの子が入院しているのよ」

圭太《けいた》くんと手紙のやりとりを始めてしばらくたった夕方、歩美《あゆみ》さんがいった。

「そうなの？」

「前に、同じ年くらいの子が入院していないか聞いたでしょ。もしかすると、お友だちかもしれないわよ」

そういえば、川原で圭太《けいた》くんのすがたを見なくなったとき、もしかすると病気になって入院するかもしれないと、歩美《あゆみ》さんに聞いたんだっけ。

「どんな子？」

歩美《あゆみ》さんは夕食のトレイの横に薬をならべている。毎日のことだが、自分が病気なんだということを思い知らされる瞬間《しゅんかん》だ。

「ぼうず頭の子よ。きっと野球をしていてケガしたのね。足の骨《ほね》を折《お》ったみたいなの」

「あとで会いに行かなきゃ。この病院のことを教えてあげないとね」

明里《あかり》がお姉さんになったかのような口ぶりでいうので、歩美《あゆみ》さんはクスリと笑《わら》った。


足を骨折《こっせつ》した男の子は、とてもおしゃべりだった。入院してきた子たちは、たいてい元気がないのに、勝也《かつや》くんはそうではない。

「ほんとに足痛《いた》いの？」

明里《あかり》が聞くと、

「そりゃ痛《いた》いよ。死《し》ぬかと思ったもん。友だちなんか、オレのさけび声にびっくりして転んだくらいだぜ」

と、返ってきた。けれど、ぜんぜん痛《いた》そうには見えないのだ。

勝也《かつや》くんがいうには、野球ではなくバスケットボールをしているそうだ。友だちが見に来ていたのではりきったところ、転んだ拍子《ひょうし》に足を折《お》ってしまったとのこと。

「それにしても、病院のごはんって、あんまりおいしくないよなぁ。明里《あかり》は毎日あんなの食べてるのか？」

まだ会ったばかりなのに、いきなり名前をよびすてにされて、明里《あかり》はむっとした。それに、たしかに病院の食事は薄《うす》い味つけだが、栄養《えいよう》のバランスを考えて作られているのだ。

何だかばかにされたような気がしてならなかった。けれど、どういい返していいかわからず、何もいえなくなった。

「かわいそうだなぁ」

明里《あかり》はもう病室に帰りたくなった。自分からおしかけておいて勝手な話だけれど、とても気分が悪くなったのだ。

そんな明里《あかり》の気持ちに気づくはずがない勝也《かつや》くんは、しゃべりつづける。

「あしたさ、オレの友だちがお見舞《みま》いに来るんだ。よかったら明里《あかり》も来てよ」

明里《あかり》は奥歯《おくば》をギュッとかみしめた。

「わたし、かわいそうじゃない」

そして、走って部屋を出ていった。

圭太《けいた》

きょう、圭太《けいた》は病院に来ている。
お母さんの職場《しょくば》に遊びに来たわけではない。友だちのかっちゃんのお見舞《みま》いだ。
きのう、小学校の体育館へ行った。
「試合《しあい》を見れば、圭太《けいた》もバスケしたくなるって」

と、あんまりかっちゃんがいうものだから、応援《おうえん》ぐらいならいいかなと思ったのだ。

ひとり、体育館のすみにすわった。

「圭太《けいた》、来てくれてありがとう」

かっちゃんは、赤いゼッケンすがただった。

間もなくとなりの小学校のクラブが到着《とうちゃく》し、試合《しあい》がスタート。相手チームは黄色のゼッケンだ。

コートの中で、赤と黄のゼッケンがちらばってはかたまり、かたまってはまた広がっていく。

かっちゃんはずっとボールを追いかけてがんばっていた。両チーム、強さは同じくらいで、点がかわるがわる入っていく。最初《さいしょ》はぼんやりすわって見ていた圭太《けいた》も、とちゅうからは近づいて応援《おうえん》していた。

試合終了《しあいしゅうりょう》二分前、ゲームは同点だった。すぐ目の前で、ボールのうばい合いが始まった。それにかっちゃんもくわわった。

けれど、そのうばい合いの最中《さいちゅう》に、かっちゃんは相手チームの子の足につまずいた。

「ぎゃあああ」

さけび声が、体育館をふるわせた。

あまりの大きな声に、ボールのうばい合いは止まり、圭太《けいた》はびっくりしてしりもちをついてしまった。

すぐに先生がかけつけた。同じチームも相手チームもどうしていいかわからず、ただかっちゃんをかこんでいた。

すぐにおとなにかかえられ、かっちゃんは病院に運ばれていった。

家に帰ってお母さんに聞いたところ、足の骨《ほね》を折《お》ったとのこと。

「あしたはバタバタするだろうから、あさってにでもお見舞《みま》いに行ってあげなさい」

そういって、ビスケットをひとふくろ持たせてくれた。

こういうわけで、圭太《けいた》は病院にいる。

四階の四人部屋が、かっちゃんの病室だった。

「かっちゃん、だいじょうぶ？」

「あれから試合《しあい》、中止になったんだってな。せっかく来てくれたのに、悪かったな」

もっと落ちこんでいるかと思ったのに、かっちゃんは元気そうに見えた。

持ってきたビスケットをわたすと、

「オレ、これよりチーズ味の方が好《す》きなのに」

こんなことをいった。せっかく持ってきたのにそんないい方ないいんじゃないかと思ったけれど、苦笑《にがわら》いするだけにしておいた。思ったことをそのまま口に出すのがかっちゃんなのだ。

「それにしても、入院ってヒマなんだよな」

「まだ入院して三日でしょ」

「そうだけど、もうあきた」

「この病院には図書館があるから、行ってみれば」

すると、かっちゃんはギプスでかためられた足を指さした。

「ここじゃ友だちもいないし、たしかにヒマかも」

いつも走りまわっているかっちゃんにとって、足が使えないのはたえられないことだろう。

「友だちといえば、きのう同じように入院してる女の子が遊びに来てくれたんだよ」

「知り合い？」

「いや、きのうの夕方に急に来たんだ。用があったのか、すぐ帰っちゃったんだけど」

よほどうれしいのか、かっちゃんは鼻をかいた。これは、うれしいときのクセなのだ。

「それが、かわいい子でさ。絶対《ぜったい》オレに気があるよな。足がこんなだから、あの子に会いに行けないのが残念《ざんねん》だよ」

この前はとなりのクラスのエリカちゃんがかわいいとかいっていたのに。

入院している女の子といえば、圭太《けいた》にとっては明里《あかり》ちゃんだ。毎日毛糸にむすびつけた手紙をやりとりしていることは、平井《ひらい》さんとお父さん以外《いがい》だれにも秘密《ひみつ》にしていた。親友のかっちゃんにさえ、女の子と毎日手紙交換《こうかん》しているなんててれくさくていえていなかった。

「また来るよ」

圭太《けいた》はかっちゃんの病室をあとにした。

病院のエレベーターはいつも混《こ》んでいて、乗れないことはしょっちゅうだ。それがわかっていたので、階段《かいだん》でおりることにした。

そして、四階から三階への階段《かいだん》のおどり場で、圭太《けいた》はついに明里《あかり》と出会った。

「あっ！」

ふたりは同時に声を上げた。

「圭太《けいた》くん？」

「明里《あかり》ちゃん？」

いつもは見上げるだけの女の子。今はすぐそこにいる。

体は細くて、真っすぐな髪《かみ》がとてもきれいだった。夏だというのに肌《はだ》は白く、まるで白雪姫《しらゆきひめ》みたいだ。

しばらく、おたがいに何も話せなかった。三階と四階からの話し声や足音が急に遠のき、このおどり場だけ別《べつ》の世界のような感じだ。

サクラ色のパジャマを着た明里《あかり》ちゃんは、大きな瞳《ひとみ》をキラキラさせていて、思わずドキッとした。

きのうまで、夜にしか会わないので白黒の明里《あかり》ちゃんしか知らなかった。でも、今はカラーモード。パジャマの花がらがあざやかで、灰色《はいいろ》のおどり場に花たばがかざってあるようだった。

「やっと会えた」

明里《あかり》ちゃんの声がおどり場にひびく。いつかこうして顔を合わせるだろうとは思っていたけれど、それがまさかきょうになるなんて。

「圭太《けいた》くん？」

何も話さない圭太《けいた》の顔を、明里《あかり》がのぞきこむ。

「この前は、ひろってくれてありがとう」

あわてて頭のぼうしを指さした。

ふたりは図書館へ行った。そして、部屋の一番奥《おく》のソファーにすわり、川原のキャンプについて話した。

「わたしも、星を見るのは大好《だいす》き。天体観測《かんそく》、わたしもしてみたいな」

明里《あかり》ちゃんは、今まで一度も望遠鏡をのぞいたことがないそうだ。

「もうすぐ外出許可《きょか》が出るから、わたしもキャンプに入れてくれる？」

「でも、男ばっかりだよ」

「平井《ひらい》さんと、圭太《けいた》くんのお父さんでしょ。だったらだいじょうぶよ」

「それに、テントはすっごくせまいよ」

「せまくても平気よ」

ふたりは指切りをした。

明里《あかり》

星山総合病院《ほしやまそうごうびょういん》にうつってくる前、明里《あかり》は病院をぬけ出したことがあった。小学校に上がったばかりのころだった。同じくらいの年の子たちが、毎日学校へ行ったり、放課後《ほうかご》は友だちと待ち合わせをしておかしを買いに行ったり、習いごとをしたりできるのがうらやましくなったのだ。短期間だけ入院していた子が、それがどんなに楽しいか、くわしく教えてくれた。

そうして聞いていているうちに、病院を出ればみんなと同じようなことができると、しんじるようになった。そこで、体調がよくないにもかかわらず、病室をぬけ出したのだ。真夏の昼すぎのことだった。

しかし、病院の目と鼻の先にある小さな公園で、明里《あかり》はたおれてしまった。夏がこんなに暑いなんて、知らなかったのだ。しかも、だれにも見つからないようにと走って出たので、発作を起こしてしまった。

たまたま通りかかっただれかが救急車《きゅうきゅうしゃ》をよんでくれたので、明里《あかり》は助かった。

意識《いしき》が薄《うす》れる少し前、こんなはずじゃなかったのに、と思った。病気で胸《むね》が痛《いた》いんじゃなく、ちがう理由ではりさけそうだった。

階段《かいだん》のおどり場で圭太《けいた》に会ったとき、明里《あかり》はうれしくてたまらなかった。

「うれしい」なんて言葉を使うと、ちょっと味気ない気がするほどだった。体中の、心臓《しんぞう》でも肺《はい》でも胃《い》でもない部分が、風船のように少しずつふくらんで体の皮ふを飛《と》びこえ、世界中に広がったような感覚《かんかく》だ。

三階の階段《かいだん》の前には、黒いソファーがある。すわるとパジャマがあざやかに見えるので、お気に入りだ。そこにすわって、階段《かいだん》をおりてくる人を想像《そうぞう》するのが好《す》きだった。きょうも上の階からおりてくる足音がしたので、どんな人が来るか考えていた。

圭太《けいた》くんだったらいいのに。もしそうだったら、すぐにでも走っておどり場までかけ上がるのに。こんなことを考えていた。

そうすると、圭太《けいた》くんがやってきたのだ。圭太《けいた》くんだとわかったその瞬間《しゅんかん》、体が自然とうかび上がり、気づくと明里《あかり》はおどり場まで来ていた。

いつもは三階から見下ろしていたのに、近くで見る圭太《けいた》くんは自分よりずっと大きくてかっこいい男の子だった。

最初《さいしょ》、圭太《けいた》くんはとまどっている様子だったが、すぐにやさしい笑顔《えがお》を返してくれた。

図書館で、今度外出許可《きょか》が出たらキャンプに入れてもらうやくそくをした。

「そういえば、どうして圭太《けいた》くんは病院に来てるの？　お母さんに会いに？」

「友だちのお見舞《みま》いに来たんだ」

帰りのエレベーターで、圭太《けいた》くんは明里《あかり》が何もいわないでも三階のボタンをおしてくれた。

「そうだったんだ」

明里《あかり》の頭に、あの失礼《しつれい》なことばかりいう勝也《かつや》くんがうかんできた。顔なんて、一度会っただけなので、おぼえていない。形のいいぼうず頭だけが、強く印象《いんしょう》に残《のこ》っていた。

「足を折《お》ったみたいでさ」

まさか、あの勝也《かつや》くんの友だちが圭太《けいた》くんのはずがない。そう思いたかった。けれど、それじゃあ圭太《けいた》くんはいったいだれの友だちなんだろう。入院生活の長い明里《あかり》は、子どもの患者《かんじゃ》さんはみんな知り合いなのだ。

三階に着くと、夕食を運ぶワゴンが来ていた。ごはんのにおいがただよってくる。

勝也《かつや》くんのことを聞いてみよう。と、そのとき、

「明里《あかり》ちゃん、もう夕食の時間よ。部屋にもどって食べてね」

と、歩美《あゆみ》さんがやってきた。きっと、薬を持ってきてくれたとき、明里《あかり》がいなかったのでさがしてくれたのだ。

「あら、高山《たかやま》さんの息子《むすこ》さん？」

「あ、はい」

圭太《けいた》くんは、すぐにぼうしを取った。

「お母さんに会いに来たの？」

「友だちのお見舞《みま》いに来て、それから明里《あかり》ちゃんと遊んでたんです」

歩美《あゆみ》さんの目が、明里《あかり》と圭太《けいた》を行ったり来たりしている。

「友だちって、もしかして田中勝也《たなかかつや》くん？」

聞きたかったことを、あっさり先に聞かれてしまった。うなずく圭太《けいた》くん。

夕食を食べながら、考えた。いきなり人の名前をよびすてにするような勝也《かつや》くんでも、圭太《けいた》くんの友だちなら、なかよくした方がいいかもしれない。気に食わない人だけれど、それでも圭太《けいた》くんの友だちなのだ。

苦手な人と、どう接《せっ》すればいいんだろう。こんななやみは、生まれて初《はじ》めてだった。

9　圭太《けいた》の思い出

★圭太《けいた》

圭太《けいた》は、毎日のようにかっちゃんのお見舞《みま》いに行った。
かっちゃんは、もう病院中の人たちとなかよくなったようだ。圭太《けいた》と話している間にも、おとなも子どももみんな「かっちゃん」といって声をかけてくる。さすがだなぁ、と思った。
平井《ひらい》さんを会わせたときのかっちゃんの顔は、思い出すだけで笑《わら》いがこみ上げてくる。
平井《ひらい》さんは大男で、病室のカーテンレールと同じくらい背《せ》が高い。そして、かなりの強面《こわもて》だ。そんな人が友だちといきなりやってきたわけだから、びっくりするのも無理《むり》はない。おしゃべりなかっちゃんが、ごくりとつばを飲みこんだままだまってしまったのがおかしくて、圭太《けいた》は笑《わら》いたいのをがまんするのに必死《ひっし》だった。

「ほんとに圭太《けいた》の友だちなのか？　悪いことにさそわれても、ついていっちゃだめだぞ。そうなってもオレは助けに行けないからな」

平井《ひらい》さんがお手洗《てあら》いに行っている間、かっちゃんはそういってギプスをまいた足をせわしなくなでていた。あとから平井《ひらい》さんまで、

「圭太《けいた》の友だち、聞いていたのとちがっておとなしいんだな」

なんていうので、とうとう帰りに大きな声で笑《わら》ってしまった。

かっちゃんのいっていた「かわいい子」は、明里《あかり》ちゃんだった。かっちゃんの足の手術《しゅじゅつ》が無事《ぶじ》終わったあとは、ふたりで歩くリハビリにつき合った。つき合うといっても、少しはなれたところで見ているだけなのだが。

手すりを持ってひとりで立ったり、松葉《まつば》づえを使って歩いたりするかっちゃん。両手だけで自分の体重をささえるのは意外とむずかしいらしく、何度も転んでいた。それでもふたりを心配させないように、かっちゃんは転ぶたびに冗《じょう》談《だん》をいっていた。圭太《けいた》はそれに笑《わら》いながらも心配でならなかった。ちょっと無

理をしているように見えたからだ。

明里《あかり》ちゃんも、どことなく元気がなかった。ふたりになったときに聞いてみたが、ごまかしてこたえてくれない。

「もしかして、ぼくが気にさわることとした？」

明里《あかり》ちゃんは大きく首をふった。

「じゃあ、何があったの？」

明里《あかり》ちゃんはため息をひとつつき、口を開いた。

「わたし、勝也《かつや》くんが苦手なの」

そして、初《はじ》めてかっちゃんと会ったときのことを話してくれた。

たしかに、病院の食事を「毎日あんなの食べてるのか？」とばかにするようない方をしたり、「かわいそうだなぁ」といったのを、明里《あかり》ちゃんがよく思うはずはなかった。

「かっちゃんは、明里《あかり》ちゃんが長いこと入院しているのを知らないんじゃないかな」

「知っていても知らなくても、そんなの関係ないわ」

「かっちゃんに悪気はぜんぜんなかったと思うよ。思ったことをすぐ口に出してしまうのがかっちゃんなんだ」

「ごはんがおいしくないってのはよく聞くけど、味が薄《うす》いってだけだもん。それにわたし、かわいそうじゃない」

そういって明里《あかり》ちゃんは、夕食の時間だと病室にもどっていった。

少しわかるような気がした。「かわいそう」という言葉が、圭太《けいた》もきらいなのだ。


小学校に上がりたてのころ、クラスになじめなかった圭太《けいた》は、ひとりぼっちだった。人見知りが激《はげ》しく、口下手《くちべた》だったので、友だちができなかったのだ。それに、運動もとくいじゃなかったので、体育の授業《じゅぎょう》ではチームの足を引っぱってばかりだった。

そんな圭太《けいた》のクラスで、秋の遠足の班《はん》を決めることになった。今回は好《す》きな人どうしが集まっていいと、先生がいった。春は先生が決めた班《はん》だったのに。みんな大よろこび。圭太《けいた》はあせった。だれもさそってくれないと、自分でもわかっていたからだ。

「それじゃあ、遠足では同じ班《はん》の人たちとおべんとうを食べてくださいね」

もうクラスメイトたちは班別《はんべつ》に分かれたようだ。授業《じゅぎょう》が終わるチャイムがなった。しんじられないことに、先生は圭太《けいた》のことに気づかなかった。つまり、圭太《けいた》もほかの子と同じようにどこかの班《はん》に入っていると、思いこんでしまったのだ。

どこからか、こんな声が聞こえてきた。

「かわいそう」

先生は気づいてくれなかったのに、圭太《けいた》がひとりぼっちだと知っている人がクラスにいたのだ。

できればどこのだれでもいいから、よんでほしいと思った。くやしい気持ちとはずかしい気持ちが体からあふれ出し、泣《な》きそうになった圭太《けいた》はトイレに逃《に》げこんだ。

「かわいそう」なんて、いわれたくなかった。言葉では「かわいそう」なんていっても、だれも助けてくれなかったのだ。

それから数日後、とうとう遠足の日がやってきた。

お母さんがはりきっておべんとうを作ってくれたが、ワクワクなんてしなかった。大好《だいす》きなおやつも買ってもらったが、うれしくなかった。

「休もうかな」

朝ごはんを食べながら、ぽつりといってみたが、お母さんには聞こえなかったようだ。

「楽しんでおいで」

と、色あざやかなおべんとうをつつんでくれた。

学校へ行くと、まず駅まで歩くために班《はん》ごとにならばなければならない。圭《けい》太《た》はどこの列にもならぶことができないので、どうしようかと中庭をうろうろしていた。また、

「見て、かわいそう」

と、だれかがいった。そうか、自分はやっぱりかわいそうなんだ。けれど、かわいそうなのにだれもよんでくれなかった。

けれど、そこでまた声がした。圭太《けいた》の名前をよんでいる。

「高山《たかやま》、高山《たかやま》ってば」

ふりむくと、同じクラスの田中《たなか》くんだった。クラスで一番の人気者、田中勝也《たなかかつや》くんだ。よくいたずらをして先生におこられているが、おもしろいので教室ではいつもみんなの中心にいる子だ。

「おまえ、どこの班《はん》にも入ってないんだろ。こっち来いよ」

いわれるまま、圭太《けいた》はついていった。

「なんで早くいわないんだよ。ちゃんといってくれなきゃ、わかんないよ」

うつむいたままの圭太《けいた》に、田中《たなか》くんはおこってくれた。なみだが出そうになったが、今度はトイレには行かなかった。

それからふたりは、「かっちゃん」、「圭太《けいた》」とよび合うまでになり、おたがいにとって一番の友だちになった。

それに、かっちゃんのきびしい特訓《とっくん》のおかげで運動が苦手でなくなり、思うこともだんだんいえるようになってきた。すると、クラスに友だちもふえ、もう「かわいそう」なんてどこからも聞こえてこなくなった。

明里《あかり》

明里《あかり》はかっちゃんのことを考えていた。勝也《かつや》くんがおいしくないといった病院のごはんを、今食べている。きょうの夕ごはんは、和風ハンバーグとサラダとスープとごはん。デザートには、ウサギの形をしたリンゴもついている。明《あか》里《り》の好《す》きなメニューだ。
「きっと、この食器《しょっき》があんまりおいしくなさそうに見せてるんだわ」
もし高級レストランで使われるようなお皿で出てきたら、きっと勝也《かつや》くんだっておいしく思うはずだ。

外に目をやると、黄色いテントに明かりがついていた。きょうも圭太《けいた》くんはキャンプをするようだ。ということは、きょうの夜の見まわりは、看護師《かんごし》の高《たか》山《やま》さんということになる。

「明里《あかり》ちゃん、じゃあきょうはこれで。またあしたね」

歩美《あゆみ》さんはもう帰る時間のようだ。食後にのむいつもの薬を持って、あいさつに来てくれた。

「ねぇ、歩美《あゆみ》さん。ごはんの食器、もっとオシャレなのにかえてもらえない？　わたしはこれでもいいから、勝也《かつや》くんのだけ、かえてほしいの」

「あら、どうして？　勝也《かつや》くんがそういったの？」

「ううん。ここのごはん、おいしくないっていってたから、お皿がすてきだったらおいしそうに見えるかなって」

歩美《あゆみ》さんは口を開け、まばたきを何度もしながらかたまっていた。そして、笑《わら》い始めた。

「あぁ、それはね、勝也《かつや》くんはハンバーガーとフライドポテトが大好物《だいこうぶつ》なんだ

けど、ここではそういうのは出ないでしょ？」

早く退院《たいいん》して食べに行きたいと、勝也《かつや》くんはいっていたそうだ。それを聞いて、よけいにムカムカしてきた。明里《あかり》は今まで、一度もハンバーガーを食べに行ったことがなかったのだ。

「ファストフードばかり食べていたら体に悪いから、できれば病院のごはんみたいなあっさりしたものも好《す》きになってほしいんだけどねぇ」

そうだ。それを勝也《かつや》くんにいってみよう。明里《あかり》は夕ごはんをかきこんで、苦しい胸《むね》をおさえながら勝也《かつや》くんの病室へ向かった。

四人部屋の勝也《かつや》くんの大部屋は、にぎやかだった。どの子も勝也《かつや》くんと話したいらしく、すべてのカーテンが開いている。まるでパーティーでもするかのような雰囲気《ふんいき》だ。

「あ、明里《あかり》！　来てくれたんだ！」

勝也《かつや》くんは相変《あいか》わらずよびすてしてくる。

「明里《あかり》ちゃんだー」

ほかの子たちとも、もちろん明里《あかり》は顔見知りだ。

「何の話してたの？」

「おいしいおかしのランキングをみんなで決めてたんだ」

勝也《かつや》くんはとくいげにロッカーの引き出しを開けた。

「明里《あかり》はどれが一番好《す》き？」

中にはたくさんのスナックがしがあった。パッケージは見たことがあっても、食べたことないものばかりだった。でも、そんなこといえなかった。

「ハンバーガーとかおかしとか、食べすぎたら体によくないんだよ」

「わかってるって。母ちゃんみたいなこというなよー」

「看護師《かんごし》さんの歩美《あゆみ》さんもいってたもん」

イライラして、自分の息があらくなるのがわかった。

「じゃあ明里《あかり》は、ハンバーガーとかおかしを食べすぎたから病気になったの？」

もうがまんの限界《げんかい》だった。流れ出てきたなみだをぐっと目の奥《おく》におしとどめ、明里《あかり》はいちもくさんに大部屋を飛《と》び出した。

勝也《かつや》くんは、いじわるな顔はしていなかった。ただ、ほんとにそう思ったから聞いたのかもしれない。でも、明里《あかり》にはゆるせなかった。

「あら、明里《あかり》ちゃん。どうしたの」

夜、高山《たかやま》さんが見まわりに来た。なんてこたえていいかわからないので、ふとんを頭の上までかぶった。

「泣《な》いてるの？　何かあったの？」

真《ま》っ赤《か》になった目をふとんから出し、一部始終《いちぶしじゅう》を話した。

「こんなにひどいことをいわれたの、生まれて初《はじ》めて」

「それは、つらかったわね」

高山《たかやま》さんはそういってだきしめてくれた。そのあたたかさに、よけいになみだが出てしまった。

どれくらいたっただろう。顔を上げると、高山《たかやま》さんは窓《まど》の外を見ていた。

きっときょうも圭太《けいた》くんはテントに泊《と》まっている。お母さんにはないしょにしているといっていたのを思い出したが、もうおそかった。視線《しせん》の先には、明かりのともったテントがあった。

「えっと、あの、高山《たかやま》さん？」

「しょうがないわね。きょうもあの子、あんなところでキャンプしてるわ。父親がいっしょだから前よりは安心だけど」

おこっているかと思ったのに、月明かりだけの薄暗《うすぐら》い中、高山《たかやま》さんはほほえんでいた。

「明里《あかり》ちゃん、生きていれば、いろんなことがあるわ。でもそれをこわがらないで、いろんなことをして、いろんな気持ちになって、うんとすてきなおとなになるのよ」

明里《あかり》のなみだは、いつの間にか止まっていた。

10 あきらめてほしくない

圭太《けいた》

翌日《よくじつ》、圭太《けいた》は明里《あかり》と病院の図書館にいた。明里《あかり》の目ははれ上がり、その下にはくまができていた。圭太《けいた》はきのうの夜のできごとを聞いた。

「かっちゃんに悪気はぜんぜんなかったと……」

いいかけて、やめておいた。そのかわりに、小学校に入ったばかりのころの話をした。

ひとりぼっちでつらかったこと、先生にさえわすれられてしまったこと、だれかに「かわいそう」といわれてくやしかったこと。そんなつもりなかったのに、明里《あかり》ちゃんはまた目を真《ま》っ赤《か》にさせていた。

「学校って、毎日ずっと楽しいところなんだろうって思ってた。圭太《けいた》くんもいろいろあったんだね」

「うん。でも、かっちゃんが助けてくれたから、今はずっと楽しいよ」

「勝也《かつや》くんが？」

遠足の朝のことを話した。

「思ってることはちゃんといわなきゃつたわらないって、そのときに教えてもらったんだ」

明里《あかり》ちゃんはだまってうつむいていた。

「かっちゃんは、思ったことをそのまま口に出しすぎだけどね」

大きくうなずく明里《あかり》に、圭太《けいた》は苦笑《にがわら》いした。

「でもわたし、勝也《かつや》くんとはもうあんまり話したくないな。なかよくする自信《じしん》、ない。悪気がなかったとしても、またきのうみたいなことといわれたら……」

明里《あかり》ちゃんはずっと入院しなければならないほどの病気をもっていて、毎日点滴《てんてき》をしたり薬を飲んだりしてがんばっているのだ。注射《ちゅうしゃ》が大きらいな圭太《けいた》にとっては、考えられないことだった。せめて気持ちだけでも楽になれたら……。

「ぼくがかっちゃんにうまいこと話してみるよ」

「ほんと?」

「うん」

まかせてといいながら、圭太《けいた》はどうしようと内心あせっていた。かっちゃんのおかげで前よりはずっと考えを口にできるようにはなっていたが、その相手がかっちゃんとなれば、話は別《べつ》だ。友だちだから、いいにくいこともある。

とりあえず、かっちゃんの大部屋へ行ってみることにした。

「おっ、圭太《けいた》。きょうのおみやげ、何?」

「毎日は持ってこられないよ」

「そりゃそうだよな」

「そういえば明里《あかり》ちゃん、元気なかった」

さりげなく話題を変《か》えてみる。

「そういやきのう、またいきなり帰っちゃってさ。どうしたんだろ」

やっぱりかっちゃんは、何も気づいていないようだ。

「明里《あかり》、ちょっと青い顔してた。だいじょうぶかな。ちらっとうわさで聞いたんだけど、明里《あかり》の病気、けっこう悪いらしいな。ひとりで何年もがんばってるの、ほんとすごいと思う。何かできればいいけど、心配とか応援《おうえん》とか以外《いがい》、けっきょくは何もできないんだよな……」

かっちゃんはしんじていたとおり、悪気はなかったようだ。

この日、圭太《けいた》は何もいわずに家に帰ってきてしまった。

晩《ばん》ごはんは、圭太《けいた》の好《す》きなトンカツだった。お父さんが休みのうちは、食事のほとんどをお父さんが作ってくれる。

きょうのトンカツは、お母さんが作ったようにさっくりはしていなかった。お父さんもそう思ったようで、「ゆり子さんにまた教えてもらわなきゃ」と、ひと口食べてつぶやいていた。

思い切ってお父さんに相談することにした。お母さんは仕事の勉強会だとかで、夕方から出かけている。

「それで、圭太《けいた》はどうしたい？」

テーブルには、お父さんが「海のみそしる」と名づけたワカメたっぷりのおみそしるもならんでいる。

「どうしていいか、わからないんだ」

おわんの中は、ワカメだらけで真っ黒だった。

「そういうときは、どうしたらいいかを考えるんじゃなくて、どうしたいかを考えないと」

実は圭太《けいた》は、ワカメも苦手だった。これもいえていないことのひとつだなぁと思いながら、はしでぐるぐるかきまわした。

「だいじょうぶ。圭太《けいた》だったらうまくやれるさぁ」

お父さんはそういって、おみそしるのおかわりをよそいに席《せき》を立った。

どうにかしてかっちゃんと明里《あかり》ちゃんになかよくなってほしい。

もう一度チャレンジすることにした。

「きょうは早いな」

かっちゃんはきのう貸《か》したマンガを読んでいた。

「うん、ちょっと話したいことがあって」

「何、何？　いい話？」

「病院のごはんがおいしくないって、明里《あかり》ちゃんにいったのって、ほんと？」

「うん。あ、でもこの前出てきた和風ハンバーグはうまかったかな」

あっけらかんと話すかっちゃんに、どう話を進めていいかわからなくなってしまった。

「かっちゃんがおいしくないっていってる病院のごはん、明里《あかり》ちゃんはずっと食べてるわけでしょ？　だからそれをいわれて、明里《あかり》ちゃんはいやだったみたいだよ」

「そうなの？　オレは感想をいっただけなのになぁ」

「それに、明里《あかり》ちゃんのこと、『かわいそう』っていったんだって？」

「だって、病院に毎日いたら、好《す》きなもの食べにも行けないし、親にも作ってもらえないんだぜ？　圭太《けいた》だって、フライドポテトとかたまには食べたいだろ？　あんなうまいもん、好《す》きなときに食べられないなんて、かわいそうだろ」

思ったことをすぐ口に出すのが、かっちゃんの悪いクセだが、こう聞くと、思ったことを正確《せいかく》にいえないのも問題のひとつのようだ。

「ま、そうだけど」

「だろー？」

圭太《けいた》は一番大切なことをつたえられずに、かっちゃんの病室を出た。

そのあと、せっかく来たのだから会おうと、明里《あかり》ちゃんの病室にもよった。

「どうだった？」

明里《あかり》は腕《うで》に点滴《てんてき》をしていた。そのせいか、いつもより少しぐったりしているように見えた。

「も、もうちょっと待って」

たくさん注射《ちゅうしゃ》のあとがついた、明里《あかり》の白くて細い腕《うで》が目に飛《と》びこんできた。

圭太《けいた》はさっと目をそらした。

「そっか」

かっちゃんは本当に悪気がなく、明里《あかり》ちゃんを心配していたことを話した。

「圭太《けいた》くん、もういいよ」

「え？」

「無理《むり》しなくていいよ。これで圭太《けいた》くんと勝也《かつや》くんのなかが悪くなったら悪いし。勝也《かつや》くんはわたしにとっては短い間だけの友だちだもん。退院《たいいん》したらおわかれなんだし、このままなかよくなれなくてもこまらないから」

明里《あかり》ちゃんは無理《むり》に笑《わら》っているように見えた。図書館に行ったり病院内をさんぽしたりと、学校の友だちのようにすごしていたけれど、明里《あかり》ちゃんはほんとに病気だったのだ。

「それじゃ、だめだよ」

「え？」

「あきらめてほしくない！」

気がつくと立ち上がり、圭太《けいた》はかけ出していた。そして、かっちゃんの病室にもどってきていた。

「かっちゃん」

カーテンをいきおいよく開けた。

「思ったことをすぐいうのは、かっちゃんのいいところだけど、聞いた人がどう思うか、もう少し考えなきゃだめだよ！」

「えっ、圭太《けいた》？　何の話？」

急にあらわれたからか、何度もまばたきをしながらかっちゃんは首をかしげていた。けれど、かまわず圭太《けいた》はつづけた。

「悪気がなくても、かっちゃんのひと言で悲しい思いをする人がいるって話！」

いえた、と圭太《けいた》はドキドキしていた。今までも、こういいたくなったことはあった。けれど、助けてもらったことがあるので遠慮《えんりょ》していたのかもしれない。宿題だって見せるし、興味《きょうみ》がなくてもバスケの試合《しあい》に応援《おうえん》にも行く。でも、今回は友だちが傷《きず》ついているのだ。友だちだから、いわなくちゃならないことだってあるんだ。

「そうなの？」

ポカンとした顔をしたかっちゃんは、パタンとマンガを閉《と》じた。

「そうなの！」

気がつくと、大きな声を出していた。

「そんなこと、今までいわれたことないや。あ、親にはしょっちゅういわれるけど」

かっちゃんは、何が悪かったのかといいたげだ。頭をポリポリかきながら、口をとがらせている。それは心の底《そこ》からかっちゃんに悪気がないから、今まで問題にならなかっただけだ、とはいわずにおいた。

「ちょっと今までだれかにいったこと思い出して、考えてみて！」

そういいはなち、逃《に》げるように病室を出た。

不安《ふあん》をかき消すように、川原の土手を走った。かっちゃん、おこったりしないよね？　ぼくだって、いつもかっちゃんがするように思ったことを口にしただけだもん。

汗《あせ》が体中の毛穴《けあな》から一気にふき出した。けれど、不思議《ふしぎ》と心地よかった。

明里《あかり》は図書館で圭太《けいた》を待っていた。いつもの毛糸を使っての手紙でよび出されたのだ。

これってちょっとデートみたいじゃない？　そう思っていたのに、車いすに乗った勝也《かつや》くんといっしょだった。

「明里《あかり》、ごめん」

何の前おきもなしに、勝也《かつや》くんがいった。

「ほんとにほんとに、ごめん」

勝也《かつや》くんは、何のいいわけもしなかった。ただ何回もあやまって、小さくなっていた。

「もう、いいよ」

たれ下がったまるいぼうず頭を見ていると、不思議《ふしぎ》とゆるせる気がした。

勝也《かつや》くんの、ゆるんだ笑顔《えがお》が上がってきた。圭太《けいた》くんの小さなため息が聞こえる。明里《あかり》もまゆを上げて息をついた。

「それにしても、勝也《かつや》くん。わたしのこと、よびすてにするのはやめてよね」

わたしも、いいたいことはちゃんといおう。

「もしかして、いやだった？」

「うん、いやよ」

「だったら圭太《けいた》もよべばいいんじゃねぇ？」

どんな返事をしてくれるだろうと思っていると、

「ぼ、ぼくは『明里《あかり》ちゃん』でいいよ」

と、圭太《けいた》くん。勝也《かつや》くんの残念《ざんねん》そうな顔に、もうよび方なんて何でもいいや、と明里《あかり》は思った。


検診《けんしん》があるからとかっちゃんが図書館を出ていったあと、ふたりは「外出許可日《きょかび》」の計画について話し合った。いよいよ来週なのだ。もちろんやくそくしたとおり、川原でキャンプをすることになっている。

けれど、大きな問題があった。外出許可日《きょかび》は、圭太《けいた》のお母さんが夜勤《やきん》の日なのでキャンプできるけれど、そうなると夜の見まわりは高山《たかやま》さんなのだ。

「ほかの看護師《かんごし》さんだったら、ふとんの中までのぞくことないんだけどね」

「何かいい方法《ほうほう》はないかな。天体観測《かんそく》するなら、夜しかできないからなぁ」

ふたりは頭をひねったが、なかなかいい考えは出てこない。しょうがないので図書館の中をうろうろし、星座《せいざ》の本を広げてふたりでながめたりした。

しばらくして、平井《ひらい》さんがやってきた。

「平井《ひらい》さん、めずらしいね」

毎日のように来ているのを明里《あかり》は知っていたけれど、いわなかった。

「圭太《けいた》と明里《あかり》ちゃんは、何してるんだ」

「明里《あかり》ちゃんの外出許可《きょか》が出たから、みんなでキャンプしたいんだけど……」

相談しようとすると、今度は千紗子《ちさこ》さんがやってきた。

「みなさんにいわなきゃならないことがあるの」

「どうしたの、千紗子《ちさこ》さん」

明里《あかり》は、『赤毛のアン』のマンガの最終巻《かん》をたなから取り出しているところだった。

「わたし、今週でここの図書館のお仕事は終わりなんです」

とつぜんのことに、三人はいっせいに千紗子《ちさこ》さんを見た。

「となり町の図書館ではたらくことに決まったんです。今度はボランティアじゃなくて、ちゃんとした職員《しょくいん》として」

「おめでとうございます。よかったですね」

平井《ひらい》さんのしずかな声。一番悲しいのは平井《ひらい》さんかと思ったのに、顔は晴れ晴れとしている。

「こんなことをいうと変《へん》に思われるかもしれないんですが」

千紗子《ちさこ》さんはひと息ついて、話し始めた。

「実は三年ほど前から、しょっちゅう平井《ひらい》さんが夢《ゆめ》に出てきていたんです。だから初《はじ》めてお会いしたときは不思議《ふしぎ》となつかしくて、初対面《しょたいめん》には感じませんでした。わたしが料理《りょうり》をしたり絵をかいたりするのを、ただ平井《ひらい》さんがじっと見守ってくれているだけなんですが、その夢《ゆめ》を見た朝はなぜだか悲しくないのに泣《な》いてしまったりして……。きっと、おくさまが平井《ひらい》さんとの思い出をわたしに見せてくれていたんですね」

千紗子《ちさこ》さんが平井《ひらい》さんを見たことがあるといっていたのが、まさか夢《ゆめ》でだったなんて。

「そうですか。わたしはどんな顔をしていましたか」

平井《ひらい》さんの質問《しつもん》に、千紗子《ちさこ》さんはすぐにこたえた。

「とっても、とっても幸せそうでしたよ」

平井《ひらい》さんは、何もいわずに大きくうなずくだけだった。

「ありがとうございました」

千紗子《ちさこ》さんは「さよなら」の代わりにそういうと、頭を深ぶかと下げた。おとなにこんなふうにされたことのない明里《あかり》と圭太《けいた》は、顔を見合わせた。

「こちらこそ」

平井《ひらい》さんは何かをおさえるように、ゆっくりと深呼吸《しんこきゅう》していた。

11　九時に花火

★ 圭太《けいた》

その日の夕方、圭太《けいた》はお父さんと平井《ひらい》さんのうちに来ていた。

夕ごはんの親子丼《どん》には、平井《ひらい》さんの畑でとれたネギがたくさん入っていた。圭太《けいた》は苦手だったけれど、いうと子どもっぽい気がしてがまんして食べた。

今、三人は会議《かいぎ》をしている。明里《あかり》が天体観測《かんそく》に参加《さんか》できるようにするにはどうすればいいか、考えているのだ。

「いっそ、ゆり子さんにオッケーもらうのはどんなかな？」

お父さんはそういったけれど、圭太《けいた》は首をふった。反対されるのが目に見えている。

けっきょく、今回は明里《あかり》をうまく川原に招待《しょうたい》するいい考えはうかばなかった。

「でも、せっかくの外出許可《きょか》日なんだし、何とかして明里《あかり》ちゃんをよろこばせられないかな。あと、かっちゃんも」

かっちゃんも、元気だってかんちがいしてしまうけれど、あれで骨折《こっせつ》しているのだから、だいぶストレスがたまっているのだ。最近《さいきん》は会うたびに「海に行きたい、お祭りに行きたい、山ほどアイスが食べたい」などと、圭太《けいた》には無理《むり》難題《なんだい》ばかりいってくる。

「そうだ、花火はどうかな！　お祭りにはつれていけないけど、打ち上げ花火を見れば、気分だけでも味わえるかも」

三人はにやりと笑《わら》った。

「病院の近くだが、だいじょうぶだよな」

平井《ひらい》さんはそういったけれど、やる気満まんのようだ。さっそく戸だなからろうそくとマッチを出してきた。

「一発だけにすれば、だれも何もいわないさぁ」

われながらいいことを思いついたと、圭太《けいた》はワクワクしてきた。

明里《あかり》

外出許可《きょか》日の前日、病室に圭太《けいた》くんと、圭太《けいた》くんのお父さんと、平井《ひらい》さんが来てくれた。圭太《けいた》くんがいうには、あしたは天体観測《かんそく》をしないとのこと。それは、自分が参加するにはむずかしいから気をつかってくれたのだろう。

「でも、代わりに一発だけ、大きい打ち上げ花火をするから、明里《あかり》ちゃんもここから見られるよ」

圭太《けいた》くんがカーテンをいきおいよく開けた。夏の日ざしが、サッと部屋中に広がった。

「キャンプはまた今度しような」

と、お父さん。

「わたしも、いい考えうかばなかったから」

キャンプできないことは残念《ざんねん》だけど、その代わりこんなすてきな計画をしてくれるなんて。明里《あかり》は近くで打ち上げ花火を見たことがなかったのだ。

「夜の九時ぴったりに、川原で打ち上げるから、見てね」

そういって圭太《けいた》くんは、九時に花火と書かれたメモのついた紙パックのジュースをくれた。それは、イチゴミルクだった。

「イチゴ水は見当たらなかったからさ」

『赤毛のアン』に出てくるイチゴ水を飲んでみたいと、この前話したのをおぼえてくれていたようだ。

「イチゴミルク、大好《だいす》き」

明里《あかり》はそういって、紙パックをだきしめた。

あしたは、最近《さいきん》近所にできたというショッピングセンターへお母さんと行くことになっている。そこで、新しい服やパジャマ、色えんぴつやいろんな色の毛糸を買ってもらうつもりだ。そして夕食は、大好《だいす》きなマカロニグラタン。かっちゃんのおすすめの、ハンバーガーとフライドポテトもすてがたいけれど。

そして夜は、圭太《けいた》くんの用意してくれる打ち上げ花火。どうにかして川原に行けないかともう一度考えたが、やっぱりいいアイデアはうかばない。

消灯《しょうとう》時間がすぎても、明里《あかり》はねむれないでいた。しかたないので、圭太《けいた》くんたちにあげるつもりのマフラーのつづきをあむことにした。

ひと目ひと目あんでいると、ふと千紗子《ちさこ》さんのことを思い出した。急に図書館をやめてしまった千紗子《ちさこ》さん。いきなりのことで明里《あかり》はショックでたまらなかった。と同時に、ほうっていかれた気がして、悲しいというより裏切《うらぎ》られたような気分だった。

「でも、千紗子《ちさこ》さんは夢《ゆめ》をかなえたのよね」

最後《さいご》に千紗子《ちさこ》さんは、さびしそうな顔は少しも見せないで、「また会おうね」といってくれた。

生きていればいろんなことがある、という高山《たかやま》さんの言葉を思い出した。千《ち》紗子《さこ》さんみたいに、急にいなくなってしまうこともあるし、平井《ひらい》さんのおくさんみたいに、ある日とつぜん死《し》んでしまうこともある。一瞬《いっしゅん》、それは今度は自分かもしれないと、身ぶるいをした。あみ針《ばり》を持った手が、なみだでにじんで見えた。

できることを、できるだけしなくちゃ。わたしも圭太《けいた》くんやお父さん、平井《ひらい》さんをよろこばせたい。

いいことを思いついた。三人をあっといわせる方法だ。成功《せいこう》すれば、きっとよろこんでくれることまちがいなしだ。けれどそれには、かっちゃんにも協力《きょうりょく》してもらわなくっちゃ。

「さて、もうあしたにそなえて寝《ね》なきゃ」

カシオペヤ座《ざ》の北極星《ほっきょくせい》に一番近い星は、きょうも同じ場所できらめいている。まだまだ流れ星にはなりそうにない。

明里《あかり》は特別《とくべつ》がっかりもせず、ぐっすりねむりについた。

★圭太《けいた》

明里《あかり》の病室へ行ったあと、圭太《けいた》はかっちゃんのところへも行った。
「あした、九時に川原の方を見てね」

かっちゃんはゲームをしているところだった。

「打ち上げ花火、するからさ」

かっちゃんの顔が、電灯《でんとう》をつけたかのようにパッと明るくなった。

「お祭り、今年は行けないなって思ってたとこなんだよなー」

かっちゃんはそういって鼻をかいた。圭太《けいた》はこみ上げてくるものを、こぶしをギュッとにぎっておさえた。

さっきろうかでお見舞《みま》いに来ていたかっちゃんのお兄さんに会った。そして、「圭太《けいた》くんには知っておいてほしい」と教えてくれたのだ。

「勝也《かつや》の足、折《お》ったときに神経《しんけい》にも傷《きず》がついたみたいでさ、なおっても前みたいにうまく動かせないらしいんだ。ふだんの生活でこまらないように、リハビリもがんばらないといけないから、入院も長引くみたい。あいつ、わがままだけどこれからもなかよくしてやってくれよな」

あたたかく、少しふるえた手を圭太《けいた》の肩《かた》において、お兄さんは去っていった。

かっちゃんは、バスケットボールの選手《せんしゅ》になりたいといっていた。中学に入ったら、お兄さんのようにバスケ部に入って、もっとがんばる、と。女の子にもてたいというわけではなく、まじめな顔で教えてくれたのだ。

五年生になってから、将来《しょうらい》の夢《ゆめ》を見つける友だちがふえてきたこともあり、圭太《けいた》はかっちゃんのバスケの話を聞くたびにうらやましく思っていた。

どうして夢《ゆめ》があるかっちゃんはあきらめなくちゃいけなくて、何の夢《ゆめ》も決まっていないぼくは健康《けんこう》なんだろう。

「代われるものなら、代わってあげたいよ」

病院からの帰り道、圭太《けいた》がつぶやいた。

「こんなときのための、友だちじゃないか」

平井《ひらい》さんはそういった。お父さんは、圭太《けいた》の頭に手をおくだけで、何もいわなかった。

「そら、今からとっとと準備《じゅんび》するぞ。勝也《かつや》と明里《あかり》ちゃんをよろこばせるんだろ」

平井《ひらい》さんはどんどん土手を歩いていく。

今から花火を買いに行くのだ。花火大会で見るような大きさのものはとても買えないので、花火のプロじゃなくてもできる小さな打ち上げ花火になってしまうのは残念《ざんねん》だが。圭太《けいた》はぼうしをかぶりなおし、平井《ひらい》さんの背中《せなか》に向かって走っていった。


午後八時三十分。

圭太《けいた》とお父さんと平井《ひらい》さんは、川原でスタンバイしていた。心配していた天気も問題なく、星空が広がっている。

「花火が目立つように、テントのランプは消しておこう」

そういって平井《ひらい》さんは、もうランプを消してしまった。

午後八時四五分。

「花火に火をつけるのは、圭太《けいた》がやるといいさ」

マッチを受《う》け取ったものの、火がこわい圭太《けいた》は、お父さんにやってほしいとたのもうとした。けれど、一番大切な役目は自分がしたいと考えなおし、マッチをにぎりしめた。風が流れ、蚊取《かと》り線香《せんこう》のけむりが細くなびいた。

午後八時五十五分。

「いよいよだな」

平井《ひらい》さんも、いつになくそわそわしている。

「明里《あかり》ちゃんとかっちゃん、ちゃんと見てくれるかな」

「メモもわたしたんだから、だいじょうぶさ」

水をくんだバケツには、白い月がうつっていた。水面が風で波打って、月が泳いでいるようだ。

午後九時ちょうど。

思い切ってマッチをすった。

花火はすぐに高い音を上げて、

空に向かって飛《と》んでいく。

そして、かけっこするときのピストルのような音とともに、赤い光が広がった。つづいて、その中から金色と緑色の光線が四方八方に飛《と》びちっていく。

「きれいだ」

平井《ひらい》さんの声が聞こえた。

「そうだなぁ」

空に残《のこ》ったけむりを見つめながら、お父さんもいった。

と、そのときだ。

また、大きな音がした。

三人はポカンと口を開けた。

★明里《あかり》

待ちに待った外出許可《きょか》日。

お昼から、お母さんにショッピングセンターにつれていってもらった。パジャマ以外《いがい》の服を着るのはひさしぶりだ。髪《かみ》は、赤毛のアンみたいに三つあみにしてみた。似合《にあ》うかな。

お母さんがお父さんに電話している間に、計画のための買い物をした。だがし屋さんに、それはあった。

夕方からは、お父さんと待ち合わせて家族三人でごはんを食べた。ハンバーガーとフライドポテトはお母さんに反対されたので、予定どおりのマカロニグラタンになった。とてもおいしかったが、このあとの計画が気がかりでずっとそわそわしていた。

病院に着いて両親が帰ったあと、明里《あかり》はひとり病室で買ってきたものの説明《せつめい》書《しょ》を読んだ。

今朝、お母さんが病院に来る前に、明里《あかり》はかっちゃんの病室へ行った。

「そういうことは、もっと早くいえよー」

「だって、思いついたのがきのうの夜だったんだもん」

「でも、ナイスアイデア、明里《あかり》」

かっちゃんは親指を立てて、にやりと笑《わら》った。


八時二十分。

明里《あかり》は必要《ひつよう》なものを紙ぶくろにひとつにまとめ、かっちゃんをむかえにいった。すでに車いすに乗って、準備万端《じゅんびばんたん》なかっちゃん。

同じ病室の人たちには、九時ちょうどに窓《まど》の外を見るようにとつたえ、部屋を勝手《かって》にぬけ出すことは秘密《ひみつ》にしてとたのんだ。

屋上に上がったふたり。明里《あかり》の心臓《しんぞう》はお祭りのたいこのように鳴っていたが、計画はまだまだこれからだ。


八時四十五分。

ふたりはひそひそ話しながら、洗面器《せんめんき》や屋上のレンガを使って準備《じゅんび》を始めた。

かっちゃんは車いすなのでだいたいは明里《あかり》がしたが、こんなことをするのは初《はじ》めてだったので、いてくれるだけで心強く感じた。

屋上から川原を見下ろすと、真っ暗でだれもいないように見えた。けれど、よく目をこらすと人影《ひとかげ》が三つ。

「きっと圭太《けいた》くんは今、わたしが部屋でおとなしく花火を待ってると思ってるわね」

「圭太《けいた》、びっくりしてまたしりもちつくんじゃねぇの」

ふたりは圭太《けいた》のおどろいた顔を想像《そうぞう》して、クスクス笑《わら》った。

八時五十五分。

ふたりはそれぞれマッチを一本持った。明里《あかり》は今までマッチを使ったことはなかったが、使い方はかっちゃんに教えてもらったので安心だ。

そして、ついにやくそくの九時。

大きな音を立てて、川原から花火が上がった。赤と金色の花火。夜空に大きく広がって、とてもきれいだ。

でも、ずっと見とれているわけにはいかない。

今からが本番なのだ。

かっちゃんに目配せし、勇気を出してマッチをすった。それからすばやく火をつける。

それはいきおいよく同時にふき出した。最初《さいしょ》は小さな噴水《ふんすい》のようだったが、すぐに高く高く上がっていく。あわててかっちゃんの車いすをぐいとおして、少しはなれたところへ逃《に》げた。

明里《あかり》とかっちゃんの視界《しかい》いっぱいにはじける、ふたつの花火。

ふたりは思わずため息をついた。

計画、大成功《だいせいこう》。

「明里《あかり》、ありがとう」

かっちゃんの声は、鼻声だった。

「うん」

ライトをつけ、ふたりは川原に向かってそれを大きくふった。

12　それぞれの出発

★明里《あかり》

それから数日後の夕方、いつものようにお母さんがお見舞《みま》いにやってきた。きょうはお父さんもいっしょだ。

ふたりとも、めったに見ないほっとしたような笑顔《えがお》だった。

「明里《あかり》、アメリカへ行きましょう」

思いがけないお母さんの言葉に、ごはんを落としてしまった。

「どういうこと？」

おはしから落ちたごはんのかたまりは、パジャマをすべり落ち、ベッドの下へ転がっていった。

「アメリカで明里《あかり》の手術《しゅじゅつ》ができることになったんだ」

と、お父さん。

「これできっと元気になれるわ」

お母さんはおはしを持ったままの明里《あかり》の手をにぎった。

外国へ行くということは、つまり、この病院からはなれるということだ。歩《あゆ》美《み》さんや勝也《かつや》くん、高山《たかやま》さんと会えなくなるということだ。そして、圭太《けいた》くんやお父さん、平井《ひらい》さんとも。

「手術《しゅじゅつ》をすれば、学校だって行けるようになるんだ。そんなに長い間行くわけではないんだよ」

これまで薬や点滴《てんてき》で手術《しゅじゅつ》を先のばしにしてきたことは、明里《あかり》も知っていた。そして、お父さんもお母さんも、病気の自分のために朝から晩《ばん》まではたらいてくれていることも。外国で手術《しゅじゅつ》するのだって、かんたんに決まったわけではないだろう。

「いつ、この病院を出るの？」

ごはんはまだ半分残《のこ》っていたが、すっかり食欲《しょくよく》はなくなっていた。

「九月になったらすぐよ」

カレンダーを見ると、八月はもう一週間しか残《のこ》っていなかった。

「わかった」

元気になるためにアメリカに行くはずなのに、どうしてだかよろこべない。

行きたくない。行きたくない。行きたくない。

両親が帰ったあと、明里《あかり》はひとりで泣《な》いた。それから、あみかけのマフラーをだきしめた。今までできた友だちは、みんな友だちから去っていった。でも、今度は自分からはなれていくのだ。

マフラーに落ちたなみだは、なかなか毛糸にしみこもうとせず、まるくふるえていた。

★ 圭太《けいた》

花火の夜から数日後、お父さんがいった。家族三人で夕ごはんを食べているときだった。

「圭太《けいた》、お父さんは九月からまた船に乗ることになった」

そろそろだとは思っていた。

「また、ゆり子さんをたのむよ」

毎回お父さんはかならずこういう。保育園《ほいくえん》に通っているときからずっとだ。

「まかせといて」

圭太《けいた》も、毎回同じようにこたえる。

あと一週間で夏休みも終わりだ。学校が始まっても、明里《あかり》ちゃんとかっちゃんのお見舞《みま》いは毎日行こう。そう思うと、夏休みが終わるというのにぜんぜん残念《ざんねん》な気持ちにはならなかった。


そして、夏休み最終日《さいしゅうび》。

圭太《けいた》とお父さんは、平井《ひらい》さんの家に来ていた。

「あれ、平井《ひらい》さん、めがねかえた?」

平井《ひらい》さんはいつもの黒いのではなく、青いふちのめがねをかけていた。

「ちょっと気分転換《てんかん》にな」

新しいめがねの平井《ひらい》さんは、いつもよりやさしそうに見えた。

数日ぶりに来た平井《ひらい》さんちのリビングには、寝室《しんしつ》にあったはずのミシンがおいてあった。見ると、大きな緑の布《ぬの》もある。

「何か作るの？」

「カーテンさ」

川原に面した窓《まど》には、今までカーテンがなかったのだ。

「自分で作るなんてすごいさぁ」

お父さんは裁縫《さいほう》ができないと、前に聞いたことがある。圭太《けいた》もできないのだけれど。

「それが、なかなかうまくいかないんだ。何せ古いミシンだから、動かすのがむずかしくてな」

いつものけわしい顔をもっとむずかしくして見せたが、平井《ひらい》さんの声は楽しげだった。

お父さんは、もうすぐ船に乗ることを話した。

「そうか、気をつけて行ってこい」

「圭太《けいた》をおねがいします」

お父さんはそういって、頭を深ぶかと下げた。

「いやいや、おねがいしたいのはわしの方だよ」

「じゃあ圭太《けいた》、平井《ひらい》さんをたのむよ」

お母さんのときのように「まかせて」とはいえなかったので、「しかたないな」といってみた。

「達樹《たつき》がいなくなるとさびしくなるな」

「すぐに帰ってくるさ」


三人は、夏休み最後《さいご》のキャンプをすることにした。きょうは平井《ひらい》さんの作った「男のカレー」を食べて、川原に来ている。

草の上に寝転《ねころ》がると、視界《しかい》いっぱいに星空。耳をすますと、虫の歌声が前とは曲が変《か》わっていた。

「夏休み、楽しかったなぁ」

お父さんと平井《ひらい》さんも、となりに寝転《ねころ》んだ。三人は目をつぶって風の音を聞いた。

「うん、楽しかった」

お父さんもいった。

「いい夏だった」

平井《ひらい》さんは、青いめがねをかけなおした。


「圭太《けいた》くん」

よぶ声にびっくりして体を起こすと、そこに明里《あかり》ちゃんがいた。

パジャマすがたではなく、きょうはワンピースを着ている。胸《むね》のあたりにリボンがついた、白いワンピースだ。かばんと、病室のベッドにいたうさぎのぬいぐるみをわきにかかえている。

「どうしたの。こんな時間に来てだいじょうぶなの？」

「だいじょうぶよ。あとでお父さんがむかえに来てくれるから」

きょう、退院《たいいん》したとのこと。

「教えてくれていれば、退院《たいいん》のお祝《いわ》いができたのに」

「退院《たいいん》できて、よかったさぁ」

お父さんと圭太《けいた》は口ぐちにいった。

明里《あかり》ちゃんは「夢《ゆめ》がかなった」と、テントに入ってはしゃいでいた。ためしてみたものの、小さなテントに全員がいっしょに入るのは、無理《むり》があった。

夏休み最後《さいご》のキャンプということもあり、四人はこの夏を思い返した。ほとんど毎日顔を合わせていたが、思えばまだ知り合ってそんなに時間はたっていなかった。

「ずっと前から友だちみたいだね」

圭太《けいた》の言葉に、みんなうなずいた。

そして、明里《あかり》が圭太《けいた》にぼうしを返した夜の話になった。

「それにしても、よくライトを使ってサインを送るとか思いついたな」

と、お父さん。

「アンがやってたの」

と、明里《あかり》ちゃん。

「アンって、『赤毛のアン』？」

首をかしげる圭太《けいた》に、明里《あかり》は大きくうなずいて見せた。

「たしか、男前と恋《こい》に落ちる話だったはずだ」

と、平井《ひらい》さん。

「すてきな恋《こい》もアンはするけれど、アンにはダイアナっていう親友がいてね、アンはむかしの人だから、夜はろうそくの光を使ってダイアナの家までサインを送ったのよ」

いつものパジャマすがたでない明里《あかり》ちゃんは、ただの元気な同い年の女の子に見えた。

「なるほど」

お父さんはそういいながら、たおれていた明里《あかり》ちゃんのピンクのうさぎを行《ぎょう》儀《ぎ》よくすわらせた。うさぎには、白いマフラーがまかれている。

「わたし、アンになりたいの。わたしとアン、似《に》ていると思うの」

ランプをつけると、みんなの顔があたたかい色にそまった。

「そうなの？　ぼくはその話、読んだことないからわかんないよ」

「わたしもマンガでしか読んだことないんだけどね」

「どこが似《に》ているんだい」

平井《ひらい》さんが聞いた。

「いろんな想像《そうぞう》をいつもしているところ」

「それは、たしかにそうだなぁ」

病室から見える川原の景色《けしき》をおとぎの国におきかえてみたり、白雪姫《しらゆきひめ》やシンデレラのその後の話を考えたり、明里《あかり》ちゃんはいつだって想像《そうぞう》したことを話していたのだ。

「でも、ちがうところもあるの。アンの髪《かみ》は赤毛で、わたしは黒。アンはそのせいでギルバートにいじわるいわれたりするんだけどね。それに、アンはおっちょこちょいでジュースとお酒をまちがえちゃったりするんだけど、わたしはそんなことしないわ。それから……」

「それから?」

「アンはとても元気だけど、わたしは病気なの」

風が強くなってきた。大きな風に、虫の声はかき消された。月はちぎれ雲にかくされ、あたりはよりいっそう暗くなった。

「でも、きょうは退院《たいいん》できたんでしょ」

「そう……」

明里《あかり》ちゃんはいいかけてすぐに首を横にふった。

「本当は退院《たいいん》じゃないの。『転院』なの」

病院をうつる、ということだ。

また、月が顔を出した。

明里《あかり》ちゃんがかばんの中からそっとマフラーを取り出した。黒と青のストライプのマフラーだ。

「これ、圭太《けいた》くんにプレゼント。わたしがあんだの。寒くなったらまいてほしいな。お父さんと平井《ひらい》さんと勝也《かつや》くんにもあもうと思ってたんだけど、急に転院が決まったから間に合わなくて」

明里《あかり》ちゃんは笑顔《えがお》なのに、声はふるえていた。

「わたしね、アメリカに行くの。アメリカで手術《しゅじゅつ》すれば、元気になれるんだって。学校にだって行けるし、ピアノも習いに行けるって」

とうとう明里《あかり》ちゃんは泣《な》きだしてしまった。

ひと目ひと目、ていねいにあまれたマフラー。しばらくは会えなくなるんだと、圭太《けいた》はやっと頭で理解《りかい》した。

「よかったさぁ。アメリカに行ったら、元気になれるんでしょ?」

圭太《けいた》がだまりこんでいる間に、お父さんは天体望遠鏡を明里《あかり》に見せていた。

明里《あかり》は指でなみだをぬぐい、おそるおそるのぞいている。

「月って、でこぼこなのね。きっと、このでこぼこしている陰《かげ》に、小さいうさぎがたくさんかくれているのね。だから望遠鏡じゃ見えないんだわ」

明里《あかり》ちゃんらしい感想だった。


四人で草の上に寝転《ねころ》んだ。

「いつも病院から見ていたはずなのに、こうやって寝《ね》て見ると、夜の空ってもっと大きく感じるわ」

すっかり明里《あかり》ちゃんは泣《な》きやんでいた。

「夜空はこうやって見るのが一番」

と、お父さん。

「わたしね、ここの病院に来てから、初《はじ》めて流れ星を見たの。それで、また見たいって思ったんだけど、それからはぜんぜん見られなくて。でも、いい考えを思いついたんだ。どこで見られるかわからない流れ星をさがすより、ひとつの星が流れ星になるのを待とうってね」

「星が流れ星になるのをずっと見てたってことかい？」

と、平井《ひらい》さん。

「そうなの。カシオペヤ座《ざ》の北極星《ほっきょくせい》に一番近い星をずっと見てたの」

明里《あかり》ちゃんはそういって、カシオペヤ座《ざ》を指さした。

「ねがいごとは、観察《かんさつ》しながら考えてたんだけど、なかなか思いつかなくてね。でも、やっと決まったんだ」

「どんなねがいごと？」

さっきまでずっと無言だった圭太《けいた》が、口を開いた。

「早く元気になりたいの」

そういうと、明里《あかり》ちゃんはピースサインを両手でふたつ作り、夜空の「W《ダブル》」の形をしたカシオペヤ座《ざ》に重ねた。

「健康になりたいの。好《す》きなときに、好《す》きなことができるくらい。会いたいときに、会いたい人に会えるくらい」

圭太《けいた》も、同じようにピースサインをカシオペヤ座《ざ》に重ねた。つづけてお父さんと平井《ひらい》さんも、ピースサインを夜空に向けた。

八つのピースサインが、カシオペヤ座《ざ》に重なった。みんなのねがいが少しだけとどいたのか、カシオペヤ座《ざ》の北極星《ほっきょくせい》に一番近い星はふるえているように見えた。今にも流れ星になりそうだった。

「流れ星になるまで、わたしはこれからも観察《かんさつ》していくわ。アメリカからでも、きっとあの星は見えるから」

ゆっくりと深呼吸《しんこきゅう》する明里《あかり》ちゃん。夜空の星をぜんぶすいこんでしまいそうだった。

「ぼく、決めた。将来《しょうらい》は病院ではたらく人になるよ」

「お医者さんってこと？」

「それはまだわかんない。でも、明里《あかり》ちゃんやかっちゃんのように入院している子たちをちょっとでも楽しませられる仕事ができたらなって」

「心のケアってことか」

お父さんはそういって、うんうんとあごに手をあてた。

「もしなれたら、まずは天体観測会《かんそくかい》を病院に作るとか、どう思う？」

圭太《けいた》は、ピースサインを明里《あかり》に向けた。明里《あかり》も、すぐに圭太《けいた》にピースサインを返した。

それからふたりが夜空の星をいくつ数えられるか競争《きょうそう》していると、平井《ひらい》さんが息を切らしてやってきた。いつの間にか、どこかへ行っていたようだ。

「平井《ひらい》さん、どうしたの」

「ほら、わしからのせんべつだ」

平井《ひらい》さんがそういってつき出したのは、スパンコールがぎっしりついた小箱だった。明里《あかり》ちゃんが受《う》け取って開けてみると、そこには真珠《しんじゅ》のイヤリングが入っていた。

「きれい」

明里《あかり》ちゃんはそっと箱から取り出した。

「それ、幸子《さちこ》さんのでしょ。平井《ひらい》さん、いいの？」

圭太《けいた》は心配して聞いてみたが、平井《ひらい》さんはただおだやかな顔をしている。

「お古で悪いが、ものはいい。よかったらおとなになったらつけてやってくれ」

「いや、今つけてみようよ」

お父さんはそういって、明里《あかり》ちゃんの小さな耳に器用《きよう》にイヤリングをつけた。

「どう?」

明里《あかり》ちゃんが長い髪《かみ》を耳にかけた。黒髪《くろかみ》に白い真珠《しんじゅ》がよくはえている。

「似合《にあ》ってる。なぁ、圭太《けいた》」

てれくさかったけれど、うなずいた。

「平井《ひらい》さん、ありがとう。大事にするね」

明里《あかり》は幸せそうだった。平井《ひらい》さんも、うれしそうだった。圭太《けいた》は、少しだけ泣《な》きそうだった。


こうして明里《あかり》はアメリカへ行ってしまった。

九月に入り、圭太《けいた》も学校が始まった。

週末《しゅうまつ》、お父さんの出航《しゅっこう》の日がやってきた。きょうもソフトクリームみたいな入道雲が山の向こうに見えている。

お母さんは仕事の休みをとり、家族三人で港へ向かった。荷物が重くなってしまったので、バスに乗った。

港にはもう船が着いていて、お父さんの仕事なかまの家族もぞくぞくと集まっている。

「行ってくるね」

お父さんがお母さんをだきしめた。圭太《けいた》とは、力強い、男の握手《あくしゅ》をした。

お父さんの、汗《あせ》ばむほどの熱《あつ》くて大きな手。この夏にあったことが、一気に頭におしよせてくるようだった。

「行ってらっしゃい」

ゆったりとした足取りで歩いていくお父さん。圭太《けいた》とお母さんは、その背中《せなか》をじっと見守った。大きな荷物を背負《せお》ったすがたは、とてもたくましく見えた。

しばらくすると、船が警笛《けいてき》を上げ、港をはなれていった。まわりの家族たちも、見送るのになれているので、泣《な》いたりさけんだりはしない。顔や首にかいた汗《あせ》を、ひっきりなしにハンカチでふいている。

どんどん小さくなっていく、お父さんの船。

「ソフトクリーム、食べて帰ろうか」

圭太《けいた》はお母さんを見上げた。この横顔を、今まで何度見てきただろう。

「バスでここまで来たのに、いいの？」

前にお父さんをむかえに来たときは、暑い中歩いてきて、ういたバス代で食べたのだ。

「たまにはいいでしょ」

お母さんは、まだ船を見送っている。圭太《けいた》もだまって船をながめた。

船が水平線の向こうに消えた。太陽がしずむような、そんな感覚《かんかく》だった。港の空気が変《か》わり、白や黒の日がさがあちらこちらにちらばって、乗組員の家族が帰っていく。

「さぁ、ソフトクリーム、ソフトクリーム」

お母さんは笑顔《えがお》を向けてくれたが、やはりどこかさびしそうに見えた。

もう一度遠くの海をながめた。

明里《あかり》ちゃんは、海の向こうのアメリカで、今何をしているだろう。アメリカといえば、ハンバーガーやフライドポテトなんかのあぶらっこいものが多そうだから、今度会ったときにはぷっくり太っていたりなんかして。想像《そうぞう》して、圭《けい》太《た》はこっそり笑《わら》った。

「ぼくもがんばらなきゃ」

お父さんは海の上でお仕事、明里《あかり》はアメリカで病気とたたかっている。平井《ひらい》さんは古いミシンでカーテン作り。

「何をがんばるの？」

と、お母さん。圭太《けいた》はぼうしをかぶりなおした。

「まずはかっちゃんのリハビリの応援《おうえん》」

見上げると、お母さんの頭の後ろを空高く、白いかもめが群《む》れをなして飛んでいった。

■作家　**嘉成晴香**（かなり はるか）

1987年、和歌山県生まれ。作家、詩人、日本語教師。中学2年生のとき、詩集『会いたくなったらいつでも会える』（文芸社）を刊行。2013年、朝日学生新聞社児童文学賞を受賞。受賞作『星空点呼　折りたたみ傘を探して』（朝日学生新聞社）を刊行し、2014年、第43回児童文芸新人賞を受賞する。ほかの作品に『セカイヲカエル』（朝日学生新聞社）がある。児童文芸家協会会員。

■画家　**宮尾和孝**（みやお かずたか）

1978年、東京都生まれ。ロックバンド「GOING UNDER GROUND」のジャケットイラストを描いたことをきっかけにイラストレーターに。2003年には大阪で個展を開催し、画家としてデビューする。装画を担当した作品に、「チーム」シリーズ、『ひみつの校庭』（学研プラス）、「プレイボール」シリーズ（KADOKAWA/角川書店）、『パンプキン！ 模擬原爆の夏』（講談社）、『お昼の放送の時間です』（ポプラ社）、『夢は牛のお医者さん：よろこびもかなしみも夢になる。』（小学館）など多数ある。

装丁　白水あかね
協力　金田　妙

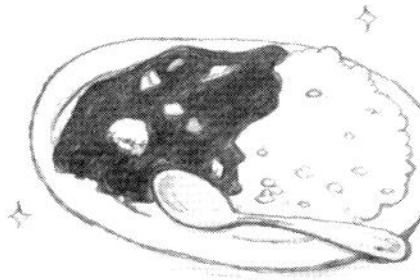

スプラッシュ・ストーリーズ・26

流れ星キャンプ

2016年10月　初　版
2018年７月　第６刷

作　者　嘉成晴香
画　家　宮尾和孝

発行者　岡本光晴
発行所　株式会社あかね書房
〒101-0065　東京都千代田区西神田 3-2-1
電　話　営業(03)3263-0641　編集(03)3263-0644
印刷所　錦明印刷株式会社
製本所　株式会社難波製本

NDC 913　197ページ　21 cm

ISBN978-4-251-04426-6

http://www.akaneshobo.co.jp

スプラッシュ・ストーリーズ

虫めずる姫《ひめ》の冒険《ぼうけん》
芝田勝茂・作／小松良佳・絵
虫が大好《す》きな姫《ひめ》が、金色の虫を追《お》う冒険《ぼうけん》の旅《たび》へ。痛快平《つうかいへい》安《あん》スペクタクル・ファンタジー！

強くてゴメンね
令丈ヒロ子・作／サトウユカ・絵
クラスの美少女に秘密《ひみつ》があった！ とまどいとかんちがいから始《はじ》まる小5男子のラブの物語《ものがたり》。

プルーと満月《まんげつ》のむこう
たからしげる・作／高山ケンタ・絵
プルーが、裕太《ゆうた》に不思議《ふしぎ》な声で語りかけた…。鳥との出会いで変《か》わってゆく少年の物語《ものがたり》。

バアちゃんと、とびっきりの三日間
三輪裕子・作／山本祐司・絵
夏休みの三日間、バアちゃんをあずかった祥太《しょうた》。認知症《にんちしょう》のバアちゃんのために大奮闘《ふんとう》！

鈴《すず》とリンのひみつレシピ！
堀　直子・作／木村いこ・絵
おとうさんのため、料理《りょうり》コンテストに出る鈴《すず》。犬のリンと、ひみつのレシピを考えます！

想魔《そうま》のいる街《まち》
たからしげる・作／東　逸子・絵
“想魔《そうま》”と名乗《なの》る男に、この世界《せかい》はきみが作ったといわれた有市《ゆういち》。もとの世界《せかい》にもどれるのか？

あの夏、ぼくらは秘密基地《ひみつきち》で
三輪裕子・作／水上みのり・絵
亡《な》くなったおじいちゃんに秘密《ひみつ》の山荘《さんそう》が？　ケンたちが調べに行くと…。元気な夏の物語《ものがたり》。

うさぎの庭《にわ》
広瀬寿子・作／高橋和枝・絵
気持《きも》ちをうまく話せない修《おさむ》は、古い洋館《ようかん》に住《す》むおばあさんに出会う。あたたかい物語《ものがたり》。

シーラカンスとぼくらの冒険《ぼうけん》
歌代　朔・作　町田尚子・絵
マコトは地下鉄でシーラカンスに出会った。アキラと謎《なぞ》を追《お》い、シーラカンスと友だちに…。

ぼくらは、ふしぎの山探検隊《たんけんたい》
三輪裕子・作／水上みのり・絵
雪合戦やイグルー作り、ニョロニョロ見物…。山荘《さんそう》で雪国暮《ぐ》らしを楽しむ子どもたちの物語《ものがたり》。

犬とまほうの人さし指《ゆび》！
堀　直子・作／サクマメイ・絵
ドッグスポーツで世界をめざすユイちゃん。わかなは愛犬《あいけん》ダイチと大応援《だいおうえん》！

ロボット魔法部《まほうぶ》はじめます
中松まるは・作／わたなべさちよ・絵
陽太郎《ようたろう》は、男まさりの美空《みそら》、天然《てんねん》少女のさくらと、ロボットとのダンスに挑戦《ちょうせん》。友情《ゆうじょう》と成長《せいちょう》の物語《ものがたり》。

おいしいケーキはミステリー!?
アレグザンダー・マコール・スミス・作／もりうちすみこ・訳／木村いこ・絵
学校でおかしの盗難事件《とうなんじけん》が発生《はっせい》。少女探偵《たんてい》プレシャスが大活躍《だいかつやく》！ アフリカが舞台《ぶたい》の物語《ものがたり》。

ずっと空を見ていた
泉　啓子・作／丹地陽子・絵
父はいなくても、しあわせに暮《く》らしてきた理央《りお》。そんな日々が揺《ゆ》らぎはじめ…。

ラスト・スパート！
横山充男・作／コマツシンヤ・絵
四万十川《しまんとがわ》の流れる町で元気に生きる少年たちが、それぞれの思いで駅伝《えきでん》に挑《いど》む。熱《あつ》い物語《ものがたり》。

飛《と》べ！ 風のブーメラン
山口　理・作／小松良佳・絵
大会を目指《めざ》し、カンペはブーメランに燃《も》えるが、ガメラが入院《にゅういん》して…!?　家族《かぞく》のきずなと友情《ゆうじょう》の物語《ものがたり》。

いろはのあした
魚住直子・作／北見葉胡・絵
いろはは、弟のにほとけんかしたり、学校で見栄《みえ》をはったり…。毎日を繊細《せんさい》に楽しく描《えが》きます。

ひらめきちゃん
中松まるは・作／本田　亮・絵
転校生《てんこうせい》のあかりは、ひらめきで学校に新しい風をふきこむ。そして親友の葉月《はづき》にも変化《へんか》が…。

一年後のおくりもの
サラ・リーン・作／宮坂宏美・訳／片山若子・絵
キャリーの前にあらわれるお母さんの幽霊《ゆうれい》。伝《つた》えたいことがあるようだけど……。

リリコは眠《ねむ》れない
高楼方子・作／松岡　潤・絵
眠《ねむ》れない夜、親友の姿《すがた》を追《お》ってリリコは絵の中へ。不思《ふし》議《ぎ》な汽車《きしゃ》の旅《たび》の果《は》てには…!?　幻惑《げんわく》と感動《かんどう》の物語《ものがたり》。

あま～いおかしに ご妖怪《ようかい》？
廣田衣世・作／佐藤真紀子・絵
ある夜、ぼくと妹の前にあらわれたのは、おっかなくて、ちょっとおせっかいな妖怪《ようかい》だった！

魔法《まほう》のレシピでスイーツ・フェアリー
堀　直子・作／木村いこ・絵
みわは、調理同好会《ちょうりどうこうかい》の危機《きき》に、お菓子《かし》で「妖精《ようせい》の国」を作ると言ってしまい…!?　おいしくて楽しいお話！

アカシア書店営業《えいぎょう》中！
濱野京子・作／森川　泉・絵
大地《だいち》は、児童書コーナーが減《へ》らされないよう、智也《ともや》、真《ま》衣《い》、琴音《ことね》といっしょに奮闘《ふんとう》！ アカシア書店のゆくえは？

逆転《ぎゃくてん》！ドッジボール
三輪裕子・作／石山さやか・絵
陽太《ようた》と親友《しんゆう》の武士《ぶし》ちゃんは、クラスを支配《しはい》するやつらとドッジボールで対決《たいけつ》する。小４男子の逆転《ぎゃくてん》のストーリー。

流れ星キャンプ
嘉成晴香・作／宮尾和孝・絵
圭太《けいた》は秘密《ひみつ》のキャンプがきっかけでおじいさんと少女に出会う。偶然《ぐうぜん》つながった三人が新たな道を歩きだす物語《ものがたり》。

はじけろ！パットライス
くすのきしげのり・作／大庭賢哉・絵
入院《にゅういん》したおばあちゃんの食べたいものをさがすハルカ。弟や友だちのコウタといっしょに手がかりをたどる…。さわやかな物語《ものがたり》。

ふたりのカミサウルス
平田昌広・作／黒須高嶺・絵
“恐竜《きょうりゅう》”をきっかけに急接近《きゅうせっきん》したふたり。性格《せいかく》は正反対《せいはんたい》だけど、恐竜《きょうりゅう》のように友情《ゆうじょう》も進化《しんか》するんだ！

宿題ロボット、ひろったんですけど
トーマス・クリストス・作／もりうちすみこ・訳／柴田純与・絵
ある日ぼくが見つけたのは、研究所からにげてきた小さなロボット！ 頭が良くて、宿題も何もかもおまかせ !?

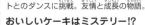